孤單又燦爛的神
鬼怪 1

劇本 金銀淑
小說 Story Culture・金洙蓮
游芯歆 譯

目次

007 浪漫詛咒
022 鬼怪新娘
041 蕎麥花的花語
070 我愛你
088 奇蹟
107 憂鬱的證據
136 豪雨特報
158 午時的陽光
174 他的名字
196 選擇
207 燦爛時刻
225 因為天氣好
242 我的初戀

漆黑如墨的夜。

照亮黑夜的，是開在遼闊原野上的蕎麥花，放眼一片雪白猶如雪花落地。微弱的點點亮光，是飛舞在蕎麥花上的螢火蟲。這光景雖美，卻也顯得淒涼。一把在歲月洗禮下腐蝕生鏽的巨大鈍劍，就插在原野的正中央。一隻白蝶自遠方翩翩而來，上下翻飛的翅膀，搧得風吹起。蕎麥花搖曳，彷彿海上碎浪四散。白蝶靜靜地佇立在劍上，寂靜的荒野響起巨大轟鳴聲，是劍在悲鳴。青白色的火花照亮了劍身，天地為之震撼。

神對劍說：

只有鬼怪新娘才能拔出這把劍，

只有拔出劍來，才能回歸虛無，平靜以終。

浪漫詛咒

烈日當空，沉悶的空氣裡瀰漫著不祥的氣氛。戰場這地方，靠的不是僥倖。戰場，是人們口中發出呻吟，身上流著鮮血的地方。笑著的，只有最後，最後的一個人，而能讓這最後一人流著血微笑的地方，就是戰場。

到底殺了多少人？

在這戰場上，戰神依然是最後的勝利者，百姓稱他為「神」，高麗最了不起的武將——金信，默默地數著。

手無意識地動作，一劍砍下敵人首級，早就鮮血淋漓的劍刃上，又覆上另一名敵人的鮮血。環顧四周，不分敵我都在垂死掙扎。無辜百姓們撕心裂肺地哭嚎，無法言語的野獸、雙腿折斷的戰馬，躺在地上發出哀嚎，又是何等悽慘。不遠處的亂葬崗上，烏鴉成群結隊地飛來，想啄食死屍。

「牠們想啄食的，未必不是我的肉身和精神？」他的腦中偶爾也會出現如此的後悔。「然而這一切都不是為了我自己，是為了我的國家高麗，以及高麗的神——我的主君。

金信大吼一聲，再次衝向敵人。沒什麼好煩惱的，只要砍、砍、砍就對了！因為他是浴血戰神。青天一聲霹靂，閃光下契丹大旗燒了起來，高麗大旗在風中獵獵作響。

「金信將軍來了！」

「金信將軍萬歲！」

數萬大軍再度踏上主君的土地，王的土地。在戰場上奔馳的戰馬，蹄聲聽來疲憊，卻又有種恣意的輕快。雖然也有戰死沙場回不來的人，但金信，他活著回來了！因此百姓們夾道歡迎，高聲吶喊金信的名字。這位保家衛國的將軍，長髮披肩、腰桿挺直，縱馬疾馳，他就是金信。

進入都城的大門前，守城官兵擋在道上。金信無比興奮的部下們下馬大聲喊話。在戰場上殺敵，勝利歸來的他們，毫不懷疑城門會為他們大大開啟。

「開門！金信將軍凱旋歸來！」

「金信卸甲接旨！」

不過是個正七品的小官，擋在城門前對待上將軍的態度，令人為之氣結。護衛在金信身旁的一名將領對著收緊腹部大喊接旨的別將，大聲斥責。

「混帳傢伙！在誰面前這麼囂張行事！」

金信抬起完好的右臂，阻止正欲拔刀恐嚇的將領，他嗅到站在都城前的兵士們不同以往的氣息。

「大逆罪人金信，交回利劍，跪下接旨！」

「大逆罪人？」這傢伙說了「大逆罪人」。金信孤單、不帶任何情緒的眼神，開始產生動搖。

「你這混帳！還真是瘋了！」

金信手下高聲斥責。

御旨？怎可能是御旨，不是吧，應該不是才對。他就是遵旨上戰場廝殺歸來的啊！金信身體才動了一下，城牆上的弓箭手們隨即搭箭拉弓，全都對準他。

「大逆罪人金信！」

不可能的！對準自己的弓箭，不可能出於御旨。難道，主君的選擇就是這個嗎？

「我要晉見陛下，讓路！」

金信邁開步伐。但不只是城牆上，連城門前的守城軍也全都不肯退讓。之前歡聲高喊金信的百姓們，全俯身在地，屏息不敢動彈。一股灼熱從腳下升起。

「擋我者死，讓路！」

就在金信動手拔劍的瞬間，刷刷刷！箭雨破空飛來。站在他身後的士兵們發出「啊！」的一聲慘叫，手足無措地倒在地上，死不瞑目的他們，口吐鮮血而亡。四天不分晝夜的漫長鏖戰，野蠻的敵人也沒殺死他們，現在卻連拔刀的機會都沒有，就這麼無辜喪命。握劍的手在顫抖，他必須保護身後殘存的士兵們的生命。望著城門緩緩開啟，金信孤身一人朝城門走去。憤怒，深深地刻在他踏出的每一步上。

大殿前，金信停下腳步。在通往大殿的門前，王妃攔下他。主君美麗的王妃，是金信唯一的妹妹。王妃纖纖小手緊抓著裙襬，睜著圓亮的雙眸。金信止步不前，緩緩看著眼前的光景。他的親族們、家中奴婢們，個個身著囚服，全身五花大綁跪在地上。憔悴的模樣，顯見受到嚴刑拷打。

適才充滿憤怒的羽箭對準自己飛來、射中身後士兵時，他還不明所以。此刻，他終於懂了——王拋棄了金信。大殿上那高高的椅子，坐在那張椅子上的幼王，我的主君，拋棄了我！

「百姓之上為王，王之上為神，但那『神』，聽說指的就是『金信』[1]。」

奸臣如蛇信般的舌頭，對王低聲讒言，王俯看金信的眼中怒火升騰。王的眼神百感交集，金信曾是他最忠貞的臣子，但也是最有可能威脅到王位的人。金信灼熱的雙眼——一直是王、是世人最值得信賴的雙眼——王固執地瞪視著。

「那人戰無不克的捷報迷惑了百姓耳目，那人滔天的權勢一再嘲諷王室，當以國法處置。」

金信緩緩搖了頭，但在他搖頭前，王已經握緊拳頭，下定決心。

「你真的要這麼做嗎？」

顫抖的聲音令人慘不忍聽，金信感到自己的聲音比任何戰爭中所傳來的無數哀號更加悲慘。

「你別再過來，不管是因為什麼，你給我站住！就站在那裡，以叛徒之身受死，那麼除了你之外的其他人都能活下去。」

年幼的王，眼神短暫地飄忽，看了和他同樣年幼的王妃一眼。王妃背對著他，面向金信站著。

「但你如果膽敢再靠近一步，你多走一步，多看一眼，我就殺了所有人，讓他們的屍體鋪滿你腳下。」

---

1 韓語中「神」和「信」發音相同。

親軍全做出攻擊態勢，而動也不動站在那裡的金信，側身面對妹妹。總以為還是個孩子的妹妹，何時出落得如此美麗，站在自己面前。在自己離家征戰四方時，妹妹輾轉送來的家書，總讓他再三咀嚼。他想保護妹妹。

「請往前走，將軍，我……我沒關係的。」

「……娘娘！」

淚珠，從布滿血絲的眼中滑落。

「我明白，將軍！我都明白。就算因此而死，也是我的命。所以，請往前走吧！不要停下來，直直走過去，走向陛下。」

穿著一身白色禮服的王妃，自始至終腰不曾彎下，肩膀不曾抖動。金信從自己的妹妹，從一國之妃的話中，讀懂了她的話意。隨著她滾落的一滴眼淚，金信邁步向前。一步，隨著金信踏出的一步，箭如雨下。奴婢們哭嚎著彼此相擁，但死亡已近在眼前，哭聲撕裂了金信的心。再一步，邁出的這一步拉近了王與金信的距離。王妃終究還是站在金信那一邊，金信的步伐重重地壓迫著幼王心裡的不安。

「金信謀反！誅其九族，一個都不准放過！這是御旨！」

再次如雨般飛來的利箭，讓金信的至親們紛紛倒地。轉身回望的王妃背上，也插著一支箭，緩緩倒了下來。王妃的背被血染紅，在有著華麗刺繡的柔軟綢緞上，恰似一朵盛開的花。金信流下淚水，終究還是停下腳步。

「罪人跪下！」

不放過這一刻，王隨即下令。站在離金信最近的親兵，馬上拔出刀，一刀砍向金信的膝蓋。咚地一聲，膝蓋重重地磕在地上，聲音淒愴。就算不砍這一刀，他也一定會跪在王的面前。但現在，他卻被迫跪了下來。

「將……軍……！」

金信的一名部下聽到消息，哽咽著跑進來。看到跪在地上的金信，他扶住金信撐著他的身子，一同跪了下來，並對著王位上的王大喊：

「陛下！何至如此！您難道不懼上天嗎？」

上天，他還膽敢說上天！從何時開始，上天成了站在他們那方的上天？王的嘴角扭曲。金信試著集中精神，視線模糊地看著王扭曲的臉孔，把這個被讒言蒙蔽的王，深深銘刻在如熔岩噴發的憤怒胸口上。王和跪在地上卻未垂下雙眼的金信，視線相接，這讓他更加無法忍受。

「罪人炯炯眼神，擾亂御心，斬立決！」

砍了金信膝蓋的人，上前準備再砍一刀。但這次卻傳來刀刃碰撞的聲音。金信輕易架開了親兵的刀，低聲說道：

「這沒你的事！」

一代武將，任何敵人都無法砍下他的頭顱。對這名士兵來說，不久前金信還是他心目中的神。士兵顫抖著手，撿起自己的刀。

「最後一程，就拜託你了！」

金信對著自己的部下低聲囑咐，微微顫抖的聲音裡，充滿憤懟與悲傷。將這把隨身多年，早已與自己渾然一體的劍交給部下，金信內心的悲慘任誰都無法體會。城門外百姓們低低的哀泣聲嗡嗡作響，傳進城裡。天地神明，玉皇大帝！求求祢救救拯救了百姓的上將軍吧！哪位神都好，百姓們哀求救救上將軍的聲音，從遠處不斷、不斷地傳過來。接受命令的部下，也忍不住流下眼淚。他也是和金信一同轉戰沙場，這個國家的英雄。所以最後的一程，也要同行。對著心目中的神，他把劍刺了進去。於此同時，王派來的士兵，刀也砍向部下的背。

刺進金信胸口的劍激烈地震動著，發出劇烈的鳴響。嘔，坐在地上的金信，口中吐出鮮血，側身倒下。他看不到部下的臉，想來部下也快死了吧。

集中瀕臨渙散的意志，他找到倒在遠處的王妃。王妃就躺在那裡，看著自己的下場。然後，他看著曾是自己主君的王。生命的盡頭先找上王妃，微動的手指頭，彷彿想抓住倒在地上的金信，啪！終究無力地落在地上，染血的玉指環也滾落一旁。

我年幼的妹妹先走了！金信的眼睛最終也無力地閉上。他最後的一眼，只看到王轉身而去的背影。多麼殘忍的王啊！連自己最重視的臣子和最心愛女人的死，都不願意看到最後。

「誰都不准替大逆罪人收屍！丟到荒郊野外，充作飛禽走獸之食！那傢伙的價值，就只夠給禽獸果腹。這是御旨！」

奸臣的聲音掃過倒在地上的金信身體。只夠給禽獸果腹，這就是我的命運啊！不管哪位神都不願幫助人類，神對人們的哀求，充耳不聞。

烈日當空的午時，曾經是某些人心目中的「神」——金信，死在自己竭力守護的主君劍下。

●

遼闊的原野上，躺著一具孤單的屍體。晝夜交替下，平原上雜亂的野草叢生。屍體的一部分已如奸臣所言，成了飛禽走獸的腹中飧。另一部分，在雨雪洗刷下，四散風中；而最後殘餘部分，則歸於塵土，只剩下空蕩蕩的一把劍。人類心目中的「神」，竟然如此輕易地被人們遺忘。就連僅剩的一把劍，也在歲月的流逝、逐漸鏽蝕之際，才終於翩翩飛來一隻蝴蝶佇足。

這是神，來尋找和劍被釘在同一處的，金信的靈魂。

——你犧牲性命拯救百姓，但百姓們卻忘了你。人類就是如此自私自利，所以才會忘了你。

金信的靈魂一直孤單地哭泣著，即使肉身早化為泥，他的憤怒卻仍未消失。但這憤怒發洩的對象，卻無從找起。主君？愆愚主君的奸臣？遺忘了自己的百姓？不，或者該朝著在凡間翩翩起舞的神發作。

——祈求無法如願，是神充耳不聞。

——人類是善變的，欲望無窮無盡。犧牲理所當然，恩惠轉頭就忘，神意屢遭挫敗。

聽到神所說的話，金信想起百姓們向神祈求的聲音。對著抱持如此心態的神，他們賭上一切。

——不只是我，還有百姓們，都被神所玩弄，但世人不會遺忘我的。

與其相信神，金信更願意相信將自己視為神的人類。蝴蝶的翅膀輕輕起伏，金信的靈魂說：

——要不要打賭看看誰說的對？

金信和神訂下賭約，反正金信只是一縷靈魂，輸了也不會有任何損失。

●

時光荏苒，劍在不知不覺中幾乎鏽蝕殆盡，彷彿再下一場雨就會四分五裂。三十年的歲月飛逝，卻依然無一人來探望金信。蝴蝶圍著生苔的劍柄飛舞，預告自己的勝利。一天夜裡，就在雨降下之前，金信的隨從出現在荒野上。

黑漆漆的夜裡，年老體衰，病痛纏身，行將就木的老隨從帶著自己的孫子來到荒野。當初不准百姓收屍而派遣在此監視的兵丁，如今也無跡可尋。為了找到此地，老隨從花了幾天幾夜的時間。

站在金信四散殆盡的屍體前，不，屍體早已消失，只剩下一把劍的地方，他的隨從痛哭流涕。當初服侍金信，總是彎著腰問候的隨從，如今真的成了直不起腰的佝僂老人。以一身僵硬老朽的身軀，好不容易才合攏雙手行跪拜禮，白蒼蒼的鬢髮在風中飛舞。跟著行跪拜禮的祖父、稚幼的孫兒也恭恭敬敬地跪了下來，在地上磕頭。

「小人來遲了，深覺惶恐。老爺！小人如今也差不多該走了。事到如今，才終於能來探視您。」

「這劍，是老爺嗎？」

按在地上的手往褲子上隨便擦兩下的小孫子問。祖父滿眼悲傷地拉過小孫子，讓他站在劍的前面。

「從今以後，就讓這孩子來服侍老爺。」

老隨從摸著孫子的頭說話的這一刻，劍開始發出嗚嗚的嗡鳴聲。耳聰目明的小孫子先聽到劍鳴聲，嚇得屏息不敢動。

金信沒有被遺忘。

金信贏了！

蝴蝶飛了過來，停在劍柄上。孩子新奇地望著長鳴的劍和白色蝴蝶，伸手想捉住蝴蝶時，天空卻如颱風欲來轉瞬變得更加黑暗，在伸手不見五指的黑暗上方，一道霹靂打下。一陣颶風如影隨形跟在蝴蝶後方，蝴蝶在劍上停下，劍便成了一團火球。

——你贏了！但你的劍上沾染數千人的鮮血。那些人對你來說雖然是敵人，但也是神所創造。你就一個人孤單地活下去，看著你所愛的人們一個個死去吧。

火團越燒越大，金信的肉體逐漸從劍的下方浮現出來。依舊是身上插著一把劍，血流滿身的模樣，鬼火變成了金信的身體。

金信，覺醒成了鬼怪。

——你將牢記所有人的死，這是我賜予你的獎賞，也是你應得的懲罰。

有了肉體的金信，嘴裡吐出一口氣來。劍插入身體那瞬間的痛苦，他記憶猶新。碧火不停晃動，很快便包裹住金信的身體，他就在這團碧火中熊熊燃燒。

——只有鬼怪新娘才能拔出這把劍，只有拔出劍，你才能回歸虛無，平靜以終。

神的聲音言猶在耳，金信緩緩睜開雙眼，看見已然衰老的隨從和嚇呆了的孩子。

「老爺！」

老僕驚嚇之餘，大聲呼喚金信。金信慢慢站了起來。仍舊是上將軍金信，一如往昔有著睥睨戰場的眼神。不，比起那時更加炯炯有神。孩子被這一切嚇到，害怕地躲到祖父身後。金信對重新得回的肉體，感覺很僵硬，動作緩慢地適應中。不過剎那，灼熱的火球就成了自己的身體。但胸口裡仍舊有一團未消散的火。

「有個地方，我去去就回。」

他一路直奔王宮，他的憤怒不只針對神，先找到王再說。他有話想問王，仇還是要報，但該問的還是得先問。金信想問王，為什麼不相信自己？

金信突如其來的闖入，讓王宮裡亂成一團。什麼人？幹什麼的？當遺忘了金信的人們如此詢問時，他只做做手勢，就解決了這些人。不理這群摔倒在地簌簌發抖的人，他的目標只有王。金信一個用力，扭斷了在王身旁進讒言的奸臣的脖子，朝著王的寢殿而去。

歲月不只在金信死去的地方流逝，也同樣流過王的寢殿。失去靈魂的肉體，在大殮狀態下緊緊地闔上眼睛。

「我……來遲了！」

接著金信看見攤開在王床榻一角的畫像，王妃美麗的面容已經上好顏色。這是王在撒手人寰前所遺留下來的，自己的妹妹。

他感到心裡一陣空虛，不管是倒在外面的奸臣也好，士兵也罷，又有什麼用？該給他一個答案的王死了，心愛的家人也早已隨著自己不在人世，什麼都沒有留下。

東方破曉，天際一片血色。金信趕回荒野的路上，在這片血色中，他不知道自己該選擇哪種死法。

他又回到度過了三十多年歲月的荒野上，卻看到那塊地上多了一座堆石墓。自己曾經躺過的位置，如今成了老隨從長眠之所。只有隨從牽著手帶來的小孫子，那年幼的孩子用著髒兮兮的小手在堆石頭，這是老隨從的石墓。金信彷彿受到重擊般，愣在當場。

他用力握緊拳頭，手背上青筋暴起。你將牢記所有人的死！——這是神昨夜才說過的話。自己多愚蠢啊！放著從未遺忘過自己的人，只為了想得到些什麼，就跑了這麼遠的路。走近孩子身旁，他撿起石頭，放到孩子堆起的石墓最上方。伸手，一片淒涼。

「你……大概就是我所受到的第一個懲罰吧。」

如今，再也沒有人記得他了。連這最後的一個人，他也親手送走了。就在他想再回歸靈魂狀態，乾脆魂飛魄散算了的時候，一隻小小的手緊緊抓著他。

「請受小人一拜，從今以後，就由小人來服侍您，這是祖父的遺言。」

孩子就在他面前，行了一個粗糙卻恭敬的大禮。金信的眼眶也如這黎明般地紅了起來。

「我被仇恨蒙蔽雙眼，竟然忘了對遠道來探望我的人，問候一聲過得可好。即使如此，你也願意跟從我嗎？」

悲愴的聲音，從孩子高高抬起頭來才看得見的人口中發出。小小的孩子點點頭，從此以後鬼怪和服侍他的人類，開始了漫長的緣分。

他帶著孩子跨越茫茫大海前往異國，朝著理所當然沒有人記得他的土地出發。原以為這塊土地上會有他全部的喜怒哀樂，如今卻一無所剩，他也不想再回來。

鬼怪新娘

經過好幾個月的時間，才終於抵達遙遠的異國土地。這裡也如同高麗，遍地征戰。一開始到法國，然後前往英國，土地不停易主，每次易主，生活在那片土地上的人就得流血。成了鬼怪的金信，只是袖手旁觀，偶爾也會出手做點什麼，就這樣送走了一年又一年的歲月。

每當有人對他長保年輕感到奇怪時，他便重新踏上故國土地，就這樣往來於異國與故國之間。最早服侍他的人，成了祖父死去之後，他的子孫又繼續服侍他，最後也老死他鄉。異國的土地上多了三、四塊他們的墓碑，但金信只是立碑人，卻成不了墓碑的主人。

鬼怪修長的雙腿又踏上故國土地。如今年代不是高麗，也不是朝鮮，而是大韓民國。每次回來，這片土地都有飛快的轉變。比起當初他所生存的高麗，朝鮮要好得多，但也有比朝鮮生活更艱困的時期。不管怎樣，金信身邊的世界，不斷地在變化。只有復原了昔日舊景的都城和那條他走過的路，還留了下來。

唯獨人們，人們的吃穿有了改變，但本性還是相同。相爭相愛的同時，永遠相同模式的情感，累積之後又推倒。沿著石牆道邊，他踩著飄落的楓葉走著。自己愛上的異國土地，也是以楓葉聞名之地。

走著走著，突然出現一堵奇怪的牆。人們眼中看不見的一堵牆讓金信暫時停下腳步。鬼怪視線所及之處，裡面也有一個男人感受到他的視線而望向窗外。

「……鬼怪？」

窗裡的男人自言自語，他是陰間使者。只有使者、亡魂與神，才打得開那道門，才看得見陰間使者的茶館。這兩個男人就站在茶館裡外，互相對視。

「陰間使者？」

兩人都能與神相通，卻屬於不同種類的靈物。如果說鬼怪是能與神打賭，可以自由來去的靈物的話，那麼陰間使者……就屬於公務員，負責執行神派下的任務，以牽引亡魂到天上或地獄、十分辛苦疲累的工作為職業。因為他們前世犯下難以洗刷的罪孽，這是他們無法逃避的工作。

在死亡門前轉了一圈回來的這些使者們，就如人們眾口所言，全身上下裹在漆黑的衣服裡，不管到哪都戴著一頂黑帽。寬邊黑帽正好可以遮蓋住他們的臉孔。但最重要的是，只要戴上這頂帽子，凡人便意識不到他們的存在。

「戴的斗笠真土！」

窗外鬼怪的喃喃低語，讓陰間使者為之氣結。

「喂！」

在勃然大怒的陰間使者叫住他之前，鬼怪早已轉過身，繼續走下去。

（早知道就不該看，怎麼會是陰間使者。）

陰間使者對鬼怪來說，不是可隨便忽視的存在。

位於市中心的一棟豪宅，是鬼怪從百多年前就以此為居處的家。寬大的拱形窗戶，將天空收納一隅。天花板上掛著裝飾繁複的水晶吊燈，是他熱愛華麗的喜好。老舊的掛鐘支著沉重的吊錘擺盪著，這是過去的隨從買回來的。每個相框中放的黑白照片裡，都是他記憶深刻，即使沒有照片也忘不了的人們。

金信以眼神點亮照明，燭台上的燭火啪啪地逐盞燃起。好久沒回的家裡，仍舊一塵不染，這都得歸功於服侍他的人。在家中環視之餘，金信也順手拉開窗簾。

「老爺！」

一名男子帶著孩子大聲嚷嚷地走了進來。

「二十年不見，您過得還好嗎？」

「你也一切平安吧？」

「小人老了很多，老爺您依然英俊瀟灑。」

「哪有英俊瀟灑？」

這時鬼怪的視線才落到孩子身上。這個口出唐突之言的小男孩，頭上戴著黃色的幼稚園帽子。劉德華，胸口上掛著可愛的名牌。

「混帳！」

男人厲聲斥責了孩子一句之後，隨即眼光轉回鬼怪身上。

「這就是小人跟您提過的孫子。德華！還不快請安。」

「這叔叔是誰？」

「原來你就是德華，我是現在是你阿叔，以後是你兄弟，繼而是你兒子，最後會成了你孫子的人。」

孩子伸長脖子，仰頭看著身材高大的鬼怪，一臉說什麼聽不懂的氣鼓鼓表情，看起來很有意思。鬼怪噗嗤笑了起來，彎下膝蓋，平視著孩子。

「孩子，以後就請你多關照了！」

鬼怪話說得溫柔，但孩子卻雙手環在胸前，只回了他一個滿是懷疑的眼神。

「小人惶恐，四代獨子，被寵壞了。」

男人低下頭來，又是一臉愧色，但鬼怪安撫他，表示沒關係。孩子還小，也是當初最早來尋找他的隨從的後代子孫。這一家究竟服侍自己多久的時光呢？金信仔細端詳這個會在男人死後取代他的位子、並和自己一同留在世上的孩子。與當初最早跟著自己從高麗遠渡重洋到異國土地的那名稚子，長得一模一樣。

「無需掛懷，你們一家從沒有哪個人讓我失望過。」

「可是阿叔，為什麼你老是跟我祖父講話這麼沒禮貌？找死啊？」

「哇！」

「這孩子該死，老爺！」

鬼怪嘴角浮起溫柔的笑容。

●

陰曆十五的望月紅紅地高掛天空，剛下完雪，天空連一絲陰霾都沒有，讓天上的望月顯得更加鮮明。高樓平地起，也不過是沒多久以前的事。鬼怪跨坐在此地最高的一處地方，手裡拿著一罐啤酒。寒冷的冬風吹過鬼怪的手背，喝一口啤酒，心中百感交集。俯瞰腳下城市，招牌的霓虹燈耀眼奪目。人也好，車也好，全都不斷製造出噪音，快速移動著。

「心安理得就能回來，真好！」

孤單卻充滿情感的聲音流瀉而出，成了喃喃自語。如今對這土地的感觸也就如此了——一個孤單又令人懷念的地方。酒氣上頭，金信閉上眼睛，耳邊卻聽到一陣急迫的聲音。

「救救我，求您救救我……」

女人的聲音，一個女人想要活下去，而向神懇求的聲音。

「救救我，拜託救救我……。」

女人的聲音，一個女人想要活下去向神懇求的聲音。

「如果有神，求您……，救救我吧！」

這倒地的生命體裡傳出的氣息，已經十分微弱。這是一條人跡罕至的街道，一輛無視交通信號疾駛而來的車，因為下雪導致路面打滑失控，撞上一個抱緊肚子、在行走的女人。砰的一聲，女人的身體被撞倒在地，滾落到幾步外的馬路上。駕駛急踩煞車的同時，車輪摩擦路面，發出刺耳的聲音，車體也轉了好幾圈。從被撞飛的女人身下流出一攤紅紅的鮮血，冰雪堆積的路面，被溫熱的鮮血浸濕。

清楚了聲音來源處的情況之後，鬼怪搖了搖頭。真可憐，但一天裡像那樣死去的人沒有一千也有上百。不過近來沒多少人信神，死前還懇求神的人，倒也沒幾個。又吞下一口啤酒之後，他的視線再度轉回另一側華麗的城市。就在這時！

「救救我，隨便哪個都好，求求您……！」

即使快斷氣，即使生命垂危，女人仍執著地尋找神。鬼怪好看的雙眉皺了起來，最後還是站起身來，「嘩！」的一聲，飛身跳下大樓，成了一團碧綠火光。

他跳下的地方，就在垂死女人的前方。這裡是人煙稀少的海邊村落入口，包裹全身的碧綠火花消失後，鬼怪緩緩走近女人面前。肇事駕駛早就逃之夭夭，這些壞人總是如此奪走善良百姓的生命。

褐色皮鞋。一雙褐色皮鞋進入女人的視野中。幾乎已經闔眼的女人，眼皮啪啪抖動幾下之後，很快地睜開了眼睛。

「你，你是誰？」

「隨便哪個[1]！」

「求你，救救我。」

「不插手人類生死，這是我的原則。」

「我不能就這麼死去。」

女人哭著抓住鬼怪的腳踝，顯現強烈求生意志。人類就是這樣，自己也曾經當過人類，所以很清楚。鬼怪以稍帶憐憫的眼神，望著女人。

「妳想求人救的，原來不是妳自己啊！」

「求求您……救救我的孩子！」

勉強抓住腳踝的手，突然力量全失。可以感覺到她腹中的生命也隨之消失。鬼怪長長地嘆了一口氣。

孩子！當他成為鬼怪的時候，最初服侍他的，就是稚子。隨從的孫子是他能報答對隨從歉意的唯一管道。

「妳的運氣很好，碰到心軟的神，今晚不想看到有人死去。」

他在手裡造出一團火球，匯聚成鬼火之後，飄浮在女人的身體上。那氣息自然而然就滲入女人的體內。鬼火中央的火球迅速鑽進女人腹中，已經斷了的氣被靠近之後，隨即變得順暢。白雪覆蓋的街道上，櫻花樹硬生生地開了花，花瓣嘩啦啦四下飄落。鮮血流淌的位置上，覆蓋了一層櫻花瓣。鬼怪看著這光景一會兒，轉瞬消失無蹤。被

1　女人先前祈求時說「隨便哪個都好」，所以鬼怪在此回答自己就是「隨便哪個」。

花瓣覆蓋的女人又再度活了過來。

不久，在這奇異地點出現一個穿黑鞋、戴黑帽的男人。但應該躺在這個位置上的女人，卻不見了，只殘留著女人的血跡。這雪上的櫻花瓣，又是怎麼回事？明明還留著車輛肇事時的碎片，事故也如預期一般發生了。陰間使者眼神驚慌地從手上捧著的信封袋裡拿出一張紙來看。

〔池蓮熙，二十七歲，戊寅年甲寅月壬辰日二十一時五分，事故死〕

（池蓮熙，二十七歲，一九九八年二月十四日二十一時五分，車禍死亡）

〔無名，零歲，戊寅年甲寅月壬辰日二十一時五分，事故死〕

（無名，零歲，一九九八年二月十四日二十一時五分，車禍死亡）

陰間使者抬起手看了看手錶，二十一時五分，他連一秒的誤差都沒有，準時抵達。

海邊，可以清楚聽見浪潮拍岸的小山坡上，一間破舊的屋子裡住著一個女人。名字已經上了生死簿的女人沒死，反而活了下來，這被視為奇蹟。邊收拾晾曬在院子裡的海帶條，女人邊以愛憐的眼光看著在院子裡跑來跑去的女兒。長髮在風中晃動，露出女兒後脖頸上的青色胎記。听暭這個奇蹟，如今也有九歲了。

「我家小听暭這次生日想吃什麼糕？」

撫摸著小狗的听暭張開手掌，接住從天而降的花瓣。

「蜂蜜糕？彩虹糕？」

手裡握著花瓣，听暭轉頭看著女人。

「媽，我不要生日宴了，我們來慶生吧，好不好？」

「有什麼不一樣？」

「糯米糕換成不一樣的蛋糕啊！我也想吹蠟燭許願。」

沒想到女兒會這麼說，女人忍不住笑了出來。听暭喜歡吃糯米糕，所以生日的時候一向都是用糯米糕為她慶祝。我可愛的女兒生日，想吃蛋糕又有什麼難的。

女人常去找一個賣菜的老婆婆，這老婆婆就在陸橋上鋪張報紙坐著，隨隨便便賣菜，也是熟知未婚生子的女人苦衷的知情人。不知是否出於同情，老婆婆曾經有一天突然對女人說起鬼怪的故事。

是一個針對鬼怪所下的惡毒神諭故事。

鬼怪以不死之身重新醒來，於這世上無所不在，卻也無從覓蹤，現在也在某處尋覓他的新娘，真是一個浪漫十足的詛咒。聽了這個故事之後，女人覺得神太不應該了。然而老婆婆卻告訴她，站在生死歧路前，一定要懇切地祈求，或許有哪個心軟的神就會聽到。

神真的在傾聽呢！女人在垂死之際，懇切祈求救助的時候，就出現了一位名為「隨便哪個」的神。而那位心軟的神，救了女人和她的孩子。該死去的孩子，就那樣活了過來，猶如宿命般。

「小狗！」

聽了女人答應讓她生日吹蠟燭之後，歡歡喜喜的听晫突然跑到大門前，女人的臉孔一瞬間暗了下來。听晫像看見了一隻十分可愛的小狗一樣，做出撫摸的動作——對著空氣。

這個對女人來說是個奇蹟的孩子，沒有得到任何奇蹟，反而看得見不該看到的東西。不過沒關係，至少她還像這樣活著。女人勉強露出一個笑容，喚了听晫一聲，說句天太冷了，快進屋去。

女人如約地準備了一個蛋糕，門外傳來奔跑進屋、脫掉鞋子的急促聲。小小的桌子上放著一個蛋糕，上面插著蠟燭。門一打開，听晫興高采烈地跑了進來。

「蛋糕！我們現在在慶生嗎？」

看著心愛的女兒，女人臉上漾起笑容。

「嗯，快過來坐下，點上蠟燭。」

「我可以點蠟燭嗎？」

「我們家听晫如今也大了，可以點蠟燭。」

「我九歲了！」

聳起肩膀，听晫划起火柴，一一點燃九根蠟燭。蛋糕上的燭火燦爛，原本也同樣笑得燦爛的听晫卻盯著媽媽的臉孔瞧。

總是那麼善良親切的媽媽。別人都有爸爸，只有自己沒有；別人看不到的，自己卻看得到，她也會感到難過，但仍然能保持開朗個性，都是因為有媽媽在。媽媽總是如此望著自己，給她溫暖的笑容，這世上因為有了深愛她的媽媽，所以她不孤獨。听晫也如同媽媽所期望的，開朗地長大。
都是因為有媽媽在……
「怎麼了？該許願了呀！祝妳生日快樂，我的小寶貝！」
即使雙手合十，听晫卻沒許願，也沒吹熄蠟燭。微笑從女人的臉上隱去，喊著「听晫！」的聲音也越來越小。
「……真的不是！」
听晫的眼眶蓄滿淚水，嘴唇也扭曲起來，開始啜泣。
「原來不是真的媽媽，只是媽媽……的靈魂……」
「妳真的看得到？媽媽還希望妳看不到呢！媽媽……」
女人臉上終於顯出悲傷的表情，听晫的淚水也奪眶而出。孩子總是紅紅的小臉蛋上，爬滿淚水。听晫哭得那麼傷心，女人——听晫的媽媽卻無法為她拭去眼淚。
「媽媽……死了嗎？」
「……」
「真的死了？」
女人說不出話來，只能緩緩點了點頭。
「媽媽在哪裡？媽媽現在到底在哪裡？」

「在十字路口的醫院裡……」

個性乾脆俐落，早早就懂事了的听晫，畢竟才只有九歲。這時也終於忍不住痛哭失聲，涕泗橫流，嗚嗚地大哭起來。在「媽媽、媽媽」的聲聲呼喚下，燭火也隨之晃動。女人彷彿想再多看孩子一眼般，深深地凝望著她。她不相信自己竟然必須拋下這小小的孩子獨自生活，就此撒手人寰。死亡總是來得太突然，即使已經經歷過一次，她也這麼認為。第二次的死亡，仍舊突如其來地找上門。但她無法再呼喚神，奇蹟有一次就夠了。

「听晫，聽媽媽說。等一下醫院會打電話過來，妳去了醫院以後，姨媽也很快就會過去。夜裡冷，記得圍上圍巾再出門。以後絕對不要對上鬼魂們的眼睛，知道了嗎？」

即使不想在女兒目視的情況下離開，但女人的靈魂仍然慢慢消失了。

「對不起，媽！都是因為我看得到那種東西。可是也因為我看得到，才能像這樣看得到媽媽！我覺得還好。」

「乖！可以這樣看得到媽媽，謝謝妳！」

兩人哽咽地做了最後的道別。還能如此道別，幸好有看得到鬼魂也覺得還好的听晫。真的！

「媽媽該走了……我愛妳，我的寶貝！」

「我也是，我也愛媽媽。媽，媽……再見，一路好走。」

看是看得到，但碰觸不到逐漸消失的媽媽，昕晫不禁悲從中來。

「媽，妳一定要上天堂喔！」

不知是否聽見了昕晫的喊聲，女人一直到最後都不斷地點頭。現在，昕晫面前什麼都沒有了，彷彿從一開始就什麼都沒有一樣。昕晫喊了一聲「媽！」，撲在地上大哭，哭著哭著就聽到電話鈴聲響起。

正如媽媽所說的，是十字路口那家醫院打來的。

「請問是池蓮熙的家嗎？」

媽媽的名字，昕晫握緊話筒又哭了起來。一面哭，一面想起媽媽說過的話，昕晫在脖子上圍上紅色圍巾，正想走出去的時候，看到依然點著蠟燭的蛋糕。蠟燭燒熔了許多，燭淚都落在了蛋糕上，不久連燭火都會熄滅。

「我不要許願，一個都不許，根本沒有誰會聽，我要向誰許願。」

咬緊嘴唇，昕晫在背後重重地甩上門。房門關上的同時，逐漸減弱的燭火也瞬間熄滅。

昕晫邊穿著放在石階上的鞋子，邊不停用手背擦眼淚。冰冷的海風迎面吹來，昕晫穿好鞋子正打算走出大門，一個全身都包裹在黑色裡的男人走進大門。

「叔叔，你是誰？」

「……妳，看得見我？」

媽媽才剛說過，絕對不要對上鬼魂的眼睛，哭了太久了，精神都渙散了。一臉驚嚇的不只是昕暐，連陰間使者也嚇了一跳，竟然有活人看得見戴著黑帽子的人。

「啊，圍巾，圍巾忘了戴。」

「戴了，在妳脖子上。」

想轉移話題，陰間使者卻不是那麼好騙。反射性地將手放到圍巾上，昕暐用力閉上眼睛。這下糟了！

「這裡是池蓮熙的家吧？不在醫院，我只好過來這裡。」

陰間使者自言自語似地說，直愣愣地盯著孩子看。

應該是那個來不及出生就死了的孩子吧，他想起了二十七歲的池蓮熙，名字下方的「無名」。陰間使者隨即醒悟到，當時的那個「無名」就在這個地方長大。

「妳今年是不是九歲？」

怎麼辦才好，昕暐腦子裡一片空白。就在這時，一個老人大步邁進門裡來，是賣菜的老婆婆。

「婆婆！」

听啅飛快地躲到老人背後，這老婆婆可不是普通的老人，賦予生命是她的職責。她也是在人間遊蕩的三神婆婆[2]，專門守護在自己以愛賦予生命的孩子身邊。不只是听啅的媽媽，連听啅都是她十分疼愛的人類，乖巧的人類。

除了面前看得見自己的孩子之外，現在又多了三神登場，陰間使者不得不感到驚訝。

「你走！這孩子留下！」

「您這是妨礙公務！」

陰間使者生氣的口吻，讓三神心想：「這都什麼時候的事情，現在才想到要做？」忍不住罵起使者來：

「那是你家的事，生死簿上有這孩子嗎？當初那孩子沒名字，她可是有名有姓。」

「生死簿要得到冥府的協助，就得把九年來的證明文件全交上去，您明明知道……下回見，小朋友！」

在老人嚴厲的喝阻下，陰間使者先投降退場。他只是想執行任務而已，三神的責備好不冤枉。一臉沮喪的陰間使者，給人軟弱的印象，似乎不太適合做這樣的事情。反正現在時間不夠，當務之急還是先找到寫在生死簿上的那個人再說。陰間使者不放心地看了只露出一顆頭的听啅一眼，道別後就再度融入黑暗中。

陰間使者一走出大門，听晫就抓著老人衣角開始訴說，想起了媽媽，雙眼又是淚汪汪。

「我媽媽，媽媽……」

听晫連話都說不下去，老婆婆趕緊安撫她。

「我知道，那也是沒有辦法的事，妳要好好地活著，趕緊搬家，三天內非搬不可，那樣他們才找不到妳。妳已經和陰間使者對上眼睛，就不能再住在這裡。」

「搬了家就找不到嗎？」

「找不到，所以宅地是很重要的。今天過了子時之後，告別式會場上會有一個男人、兩個女人過來。妳就跟著他們去，雖然會吃點苦，但妳也沒有其他選擇。」

化身為老婆婆模樣的三神，把手上提著的白菜遞給听晫。糊里糊塗接過白菜的听晫，倔強地抿著唇，只點了點頭。

老人總說一些奇奇怪怪的故事，媽媽說，幸虧聽了老婆婆說的故事，自己才能夠活下來。媽媽也把听晫還聽不懂的許多故事，說給她聽。

听晫點著頭，哭過的雙眼顯得更加晶瑩明亮。老人又摸了摸孩子的頭，真是個漂

2 類似中國的送子娘娘，在人間協助分娩，保護孕婦和胎兒的神。

亮的孩子！每一個孩子都很寶貴，但唯獨在送這孩子出生的時候，自己感到心情愉快。
雖然可憐這孩子以後沒好日子過，但也實在別無他法。

蕎麥花的花語

今天的午餐也是獨自一個人吃，雖然正值最討厭獨自吃午餐的年紀，但對听晫來說，她已經習慣了。雖然成績很好，但背後總是傳來她能看到鬼的悄聲議論，不過只要拉起連衣帽，塞上耳機不理會，也就沒什麼了。她很想照著媽媽的話做，卻仍然被隨時隨地的鬼魂所擾，在別人看來，她就像在對著空氣說話，因此成了別人口中奇怪的女孩，也只能獨來獨往。耳機裡傳來她常聽的廣播電台頻道，節目主持人溫柔的聲音是听晫的最愛。

「喂！」

主持人介紹歌曲的聲音被掩蓋掉，一聲刺耳的聲音響起，接著就聽到女人的聲音在呼喚听晫。雖然被嚇得忍不住抖了一下，但仍盡力裝作若無其事、若無其聲地摸了摸脖子上的圍巾，伸手到口袋裡，將小型器具的音量調到最大，歌聲大到連耳機外都聽得到。比起同學們背後議論紛紛的聲音，這聲音才是她更難忍受的。

「喂，聽說妳是鬼怪新娘？」

鬼怪新娘。

鬼魂們總是如此稱呼昕晫，在鬼魂們眼中，昕晫大概就是鬼怪新娘吧。為什麼會變成這樣呢？昕晫也不知道。或許是因為她能看得見鬼，所以才給她這樣一個外號吧。既然是鬼怪新娘，那就表示自己有丈夫，但有一個連長相都不知道的鬼怪丈夫，昕晫覺得很不是滋味。然而，另一方面，她也隱隱有所期盼，既然是丈夫，不就是她的家人。不，不能這樣，再怎麼需要家人，或者說需要什麼人，也不能隨便把絕對是青面獠牙的鬼怪當成自己的丈夫。

腦子裡胡思亂想的昕晫，跟著歌曲哼了起來。下雨天連把傘都沒有，拉起連衣帽，搖擺著身體哼歌的模樣，理所當然會被人看成是神經病。細雨綿綿，也微微淋濕她的帽子。

「喂！妳明明看得到我。」

這是一個不屈不撓的處女鬼，垂著長長的頭髮，執著地追在昕晫身後。昕晫盡量不去對上她的眼睛，就故意拐了個方向。

「妳為什麼老是裝作看不到我？」

女鬼繼續黏了上來。听晫又轉了個大彎，女鬼發出一聲尖叫地跑過來。

「臭丫頭！」

「啊！有礙觀瞻！」

女鬼顯出與之前截然不同的詭異模樣，嚇了听晫一跳，緊緊地閉上眼睛。等她重新睜開眼睛時，听晫放棄了不理不睬，做手勢要女鬼滾一邊去。

「看吧，明明就看得到……」

又想跟自己抱怨什麼才喊住自己的呢？听晫嘆了口氣，自暴自棄地想著：「就聽她說說話吧！」但這時候，女鬼卻一臉驚恐，像是看到什麼不該看的東西般，連句話都來不及說，驚魂未卜地跳離听晫身邊。听晫感到十分離譜，現在到底是誰被嚇了一跳。

「妳真的是啊！對不起……！對不起，我太冒犯了！」

女鬼嘴裡道歉連連，越離越遠，轉眼化為一道黑煙消失了，真是讓人嚇出一身冷汗的出場與退場。算了，幸好女鬼消失了，但听晫心裡還是很好奇，到底是怎麼一回事。是什麼人連鬼看了都落荒而逃？真讓人心情鬱悶。

將剛才取下的耳機又塞回耳朵裡，不期然和擦肩而過的男人四目相接。雨傘下的男人身材高大，引人注目。幾名身穿校服的學生和行人從兩人之間穿過，竟彷彿有種時間被按下慢速鍵的錯覺。

似曾相識，這是個令人印象深刻的人，但她一點也想不起來在哪裡見過，只是有那種感覺而已。听晫調轉目光，得趕緊回家才行。

一回家馬上先煮飯，洗完碗後，又開始洗衣服，忙碌地做家事，額頭都出了一層汗。躺在客廳沙發上看電視的人，是姨媽和姨媽的一雙兒女，也就是听晫的表哥表姊。听晫就等同於這個家裡的傭人，媽媽死後，是姨媽撫養她長大。然而與其說是撫養，听晫其實是自己長大的，但不管怎樣，文件上，姨媽仍舊是她的監護人，所以听晫在這個家裡要負責所有家事。

連湯都煮好後，听晫把菜一一端上桌，筷子湯匙也各就各位擺放好，這才喊一聲「吃飯」。但懶惰的家人卻聽而不聞，連動都不動一下。早知如此，乾脆自己一個人長大算了，這種想法在听晫腦中已經不是一兩天的事情。

「吃飯嘍！男的一位，女的兩位！」

大聲叫喚了好幾次之後，這家人才坐到餐桌前。

「給我閉嘴！聽得我頭都疼了。擺個飯菜而已，妳大聲個什麼勁？」

如果只是做做家事，听晫還能忍受，但實際上她還飽受欺凌。小時候，她甚至懷疑姨媽真的是媽媽的親妹妹嗎？但她十八歲了，也不得不接受這個事實。在她十二歲那年，她就不再委屈得躲起來哭，因為她不想再哭了！

「怎麼是海帶湯？今天誰生日？」[1]

「不會吧！難道她今天生日，煮海帶湯替自己慶生？」

表哥京植和表姊京美嘴裡叨念個不停，听暐則專心地吃著自己親手煮出來的海帶湯。不管怎樣，剛煮好的湯真暖和。

「把妳媽折磨個半死才生出來的日子，有什麼好驕傲的，連這個都沒忘記煮？屁都沒學到，才會不知道什麼叫丟人。」

她真的不知道什麼叫丟人，這些人一天到晚口無遮攔地把該說不該說的話都說盡了，听暐反而變得更堅強。

「姨媽，謝謝您的生日祝福。」

「哼！所以說當初就不該收留這個忘恩負義的畜生，就我心軟，我啊，唉！我就可憐那死女人，未婚生女，還養了那麼大。」

1 韓國人生日習慣吃米飯、海帶湯，一說是因為產婦坐月子時吃海帶湯清血補身的緣故，所以生日吃米飯、海帶湯是為了感謝母親的恩惠。也有學者研究認為是生日時吃米飯、海帶湯是為了感謝送子的三神娘娘。

「您說這話有點過分了。」

「過分什麼過分！對妳來說是妳媽，對我來說是姊姊，怎樣？」

「所以啊，不管是從心理上，還是從血緣關係上，我和她都更親。」

喝光一碗海帶湯之後，听晫從椅子上站了起來。儘管不想感到委屈，但唯獨今天就是不受控制地難過起來。今天，小小難過一下，也可以吧。听晫把碗放在洗碗槽裡，便朝玄關走去。一打開鎖都快壞了的破爛鐵門，外頭依然細雨紛飛。然而傘架裡只插著兩把雨傘，如果稍後京植、京美出門要拿雨傘的話，到時少了一把又會雞飛狗跳。

「妳要出去，先把存摺留下來再走。」

「我都說了我沒有存摺，到底要講幾遍！」

啊，听晫驚叫一聲。姨媽扔過來的飯碗打到听晫的後腦勺後滾落到地上，一陣亂響。飯粒四下散落在地，連听晫頭髮上也沾了不少。硬生生忍住幾欲奪眶而出的眼淚，听晫轉身看著姨媽。

「那妳說存摺跑到哪裡去了！妳媽的保險金跑到哪裡去了！」

「我怎麼知道！明明都被姨媽搶走了啊！連房子的押金都搶走了啊！」

勉強壓下哭聲的听晫，大吼一聲之後，趕緊跑了出來。雨下得比剛才更大，是不是老天在替我哭泣，但老天怎麼可能知道我的心情，听晫冒著大雨走了。

听晫掏出口袋裡所有的錢，買了一個小蛋糕，來到從前和媽媽一起常來看海的防波堤上。盤腿坐下，小心地從盒子裡拿出蛋糕。這是九歲生日之後，听晫第一次買蛋糕，在蛋糕上插好蠟燭。她曾經發誓再也不買蛋糕，但唯獨今天，就算是一個人，她也想慶祝一下。自己的生日，如果連自己都不慶祝的話，也就不會有人為她慶生了。一直覺得這世上根本沒有神，許願也沒用，但現在她不確定了，因為實在太迫切了。

傾盆而下的雨暫時停了，幸好停了，但這陰雲密布的天氣隨時會變臉，就像是自己的人生，听晫擦亮火柴，突然哽咽起來。風大火點不著，听晫小心翼翼地用手護著，好不容易才點著蠟燭。

「保佑我趕緊找到打工的工作！對姨媽一家人想想辦法！賜給我一個男朋友！」

求求祢了！這願望許得又快又急。擔心蠟燭會在風中熄滅，听晫屏息許下願望。蠟燭火還在，听晫雙手合十求了又求。不想再生活得這麼委曲求全才許下這些願望，但許了之後，听晫反而覺得更委曲。啪噠，眼淚落在臉頰上流了下來。

「……我在做什麼，向誰許願，哪有什麼神在！」

天空急遽地暗了下來，看來似乎又要下雨，連海浪聲也變得兇猛起來。今天真夠煩，生活也一樣煩透了。

听晫鬆開圍著的雙手，呼～呼～用力吹了幾口氣，吹熄了蠟燭。然後對著多半沒有神存在的天空大聲怒吼：

「不會連這裡都要下雨吧？這是要下陣雨，還是要下梅雨？就沒打算停嗎？」

一陣強風襲來，髮絲被吹得糾結亂舞，這一整天都糟透了。

「雨傘也就兩支而已！幹嘛還老是下雨下不停！」

勁風拂面，連眼睛都睜不開來。听晫閉緊眼睛大吼大叫，風卻突然平息下來，四下一片靜寂。

異於之前的氣氛讓听晫抬起頭來，一個身材高大的男人就站在她面前。這男人好像在哪裡看過，太高了，得把頭抬高才看得清楚，男人的手裡握著一把小白花。眼前這個不知何時從哪裡冒出來的男人，讓听晫疑惑地向後退了幾步。

●

校門前碰到過一次，走在路上又一次，某家咖啡館前也碰過一次，看來不是偶然擦肩而過的樣子。穿著校服的短髮女孩，正眼直視著自己。「四目」相對，真是奇怪的事情，所以自己才會追逐著這孩子吧。女孩感受到氣息，轉頭一看，趕緊迴避，能感覺到自己的氣息，這才更奇怪。

亮起的燈光喚醒了坐在沙發上陷入沉思的鬼怪，劉會長點起蠟燭，照亮了黑漆漆的家裡。昨天才把德華介紹給他的男人，如今早過中年，成了風燭殘年的老人。

「怎麼連盞燈也不開。」

「我想得太入神了。」

歲月如流水，身旁的人逐漸老去離死不遠之際，鬼怪臉上依然沒有一絲皺紋地活著。在這裡又生活了好幾十年，該離開了，得趕在有人發覺自己在歲月裡依然止步不前的異狀，離開這裡。這次，鬼怪打算到法國尼斯。

劉會長把準備好的文件，擺到桌子上來。

「我讓德華到處多歷練一下，您這個月底再走吧。」

「好。」

「您這一走，大概沒機會再見面了吧？」

劉會長眼角噙著淚水，這已經不知道是第幾次的離別，卻仍心痛難忍。

「這麼多年來，謝謝你了！」

從最初過來尋找屍體幾乎腐爛殆盡的自己開始，幾代下來一直服侍自己的這一家人，他衷心感激。

「可是老爺，您這次也一個人離開嗎？」

「沒辦法，我遇上的每一個女人……都察覺不到劍。」

鬼怪的表情轉為苦澀，這次也沒找到鬼怪新娘。這條既是賞也是罰所賜下的生命；這條眼睜睜看著身邊的人死亡，永遠遺忘不了的生命；送走漫長歲月的鬼怪覺得，此生與其說是獎賞，不如說是懲罰還更貼切。

「我很慶幸，老爺！當您因為劍而感到痛苦之際，我也曾經希望您的新娘能趕緊出現。但此時這麼看著您，又希望沒人能察覺到那把劍，這大概就是人類的貪念吧！」

「……我也覺得很慶幸。」

原以為鬼怪一直在等待死亡之日的到來，但現在竟如此回答，讓劉會長一臉訝異。

「你還在我身邊，酒也夠喝，今晚我暫且還想多活著呢！」

鬼怪微微露出笑容，劉會長緊繃的嘴角也放鬆些。

「您再回來的時候，會有德華在。」

劉會長的工作，今後就交由德華接手。當年穿著幼稚園制服、別著名牌的冒失小東西，如今也有二十五歲，喊鬼怪「阿叔」。依然冒失無人能比，懂事一點也談不上，是個一天到晚只會刷信用卡的財閥富三代。不久前劉會長看不慣德華這副德性，剝奪他的信用卡，為了拿回信用卡，德華一天到晚死纏爛打。現在也從外面大呼小叫地出場，把玄關門的密碼亂按一通。

劉會長和鬼怪展望過去、現在、未來，一片和諧安詳的家裡，被德華弄得雞犬不寧。為了避開喧鬧，鬼怪打開房門，走了進去。

穿過那扇房門，一整片開在遼闊原野上的蕎麥花田出現在眼前。這裡與稍早前坐落於市中心的豪宅完全不同，有著陳舊的小木屋，高高的藍天，一望無際的地平線，是專屬於鬼怪的個人空間。鬼怪在花田中漫步沉思，順手摘了幾枝蕎麥花拿在手裡的時候，就聽到有聲音傳來。少女充滿悲憤的聲音，似乎相當氣憤的模樣，還語帶哽咽。那哭聲也感染了鬼怪，讓他忍不住停下腳步。然後身體就開始變得透明，慢慢消失，似乎正移動到哪裡去。

原是一片蕎麥花田的原野，不知何時竟成了大海，鬼怪靜靜望著眼前的少女問：

「是妳嗎？」

「……我嗎？什麼啊？」

被嚇了一跳的听晫反問。鬼怪一臉僵硬，眉頭深鎖。許願的聲音傳入身為鬼怪的自己耳中，這是有可能的，但他不明白為什麼自己會來到這個地方。聲音的主人就是這個臉孔似曾相識的少女，一個老是和自己不期而遇，讓自己陷入苦思冥想的罪魁禍首。

「是妳把我召喚過來的吧？」

「我嗎？我沒召喚你啊！」

突然冒出來，硬說是自己把他召喚過來，這個人是不是騙子啊？這下連騙子都碰上了！不過，要說他是騙子，長得又太正經，不，是太英俊了。听晫才想問這到底怎麼回事，他卻連珠炮似地不停咆哮。

「明明就是妳把我召喚過來的，妳到底是怎麼召喚的，給我好好想一想，怎麼召喚的？」

「……迫切地？」

不過我迫切召喚的對象，是「神」啊！

听晫的回答，讓鬼怪的眉毛揚起。似乎在想著什麼的听晫，突然一副恍然大悟的樣子回答：

「不是我召喚你，是我看得見叔叔。上次在街上不小心和一個人對看了一眼，叔叔就是那時的那個人，對吧？」

難怪一身詭異氣息，這男的根本不是人，是鬼吧！

「妳在說什麼，什麼叫看得見？」

「叔叔，你不就是鬼嗎？我看得見鬼。」

看著把自己當成鬼的听晫，鬼怪眉頭皺了起來。鬼怪可不是像鬼一樣不入流的東西。他一否認，听晫馬上不屑地頂回去：「一開始大家都說不是。」不過這麼帥的鬼，倒是第一次碰到，但鬼就是鬼，沒什麼好說的。

管他是哥哥鬼還是叔叔鬼，听晫決定不再理會，動手收拾起蛋糕盒，反正神不可能實現她的願望。雖然不知道到底有沒有神，但應該是沒有的。像這樣置自己於水深火熱中的神，還不如沒有算了。十年後如果自己還是過得這麼辛苦，到時再求一次好了。

「妳是什麼人？到底是什麼？怎麼一般該看得見的都看不到。」

鬼怪本來不想跟她多嘴，但她既然說了奇怪的話，他也忍不住要說兩句。鬼怪瞪大了眼睛，從和她四目相接的時候開始，就感到奇怪。而更奇怪的是，他竟然看不到這孩子的未來，不管哪時候的未來都看不到。

「二十歲、三十歲，妳的未來。」

「啊，大概沒有吧，我的未來！」

可能太黑暗了，連鬼都看不到吧，听晫露出一臉厭煩的表情。

「叔叔你生前是神棍嗎？啊，是騙子吧？才會說一些什麼未來的。」

「什麼……子？」

听晫一開始覺得是騙子，不過只對了一半，應該是騙子「鬼」才正確。

「趕緊往極樂世界去吧，聽說在外面遊蕩太久不好喔！那花又是什麼？」

「蕎麥花。」

男人手裡拿的蕎麥花吸引了听晫的眼光。蕎麥花原來這麼好看！發現新大陸的听晫做出討要的手勢，露骨地以眼光示意，但鬼怪連動都不動一下。因此听晫強烈主張，花真的很美，鬼不太需要花吧，還是給我好了。儘管是個鬼，但無論誰都好，她真的想得到些什麼，因為今天是她生日。

拗不過黑眼珠發亮的听晫，鬼怪看看蛋糕盒，再看看听晫，最後還是把手上拿著的花束遞了過去。伸長手接過花束，听晫把臉埋在花裡聞了聞香氣。

「話說，蕎麥花的花語是什麼呢？」

「戀人！」

低沉的嗓音在頭頂響起。戀人！多美的一個詞。白花和花語，相得益彰。听晫身邊不知從哪兒冒出來的螢火蟲，四下飛舞，周圍一閃一閃的。听晫這才發現，天空不知何時放晴，就像是從未下過雨般。陽光從雲隙間露臉，兩人彼此注視著對方。

「剛才為什麼哭？打工、姨媽一家、男朋友，三個裡面哪個！」

愣愣站著的听晫嚇了一跳，他怎麼知道？一開始只是小小聲許願的啊，那時旁邊明明一個人也沒有。真不愧是鬼！

听晫難掩心中混亂，鬼怪看了她的表情忍不住噗嗤笑出來。

「我也能實現某個人的願望！」

「你說你能實現某個人的願望？就像那個，阿拉丁神？還是守護神什麼的？」

難道不是鬼，是守護神嗎？听晫眼睛更加閃閃發亮。難道神真的存在嗎？听晫身邊一向只有一大堆鬼，還以為這輩子都不會降臨自己人生的守護神，這個自己可以對他許願的存在，真的是在自己拚命懇切祈求下才出現的嗎？真的嗎？听晫的心臟，因為期待，開始噗通噗通跳得厲害。如果他不是鬼，也不是騙子鬼，而是守護神的話……

「我沒說是妳的守護神。」

「我媽說，每個人都帶著自己的辭典出生，我的辭典翻爛了也找不到像幸福、幸運這類的詞彙。我說的話是什麼意思，你懂吧？」

累死了，一直低著頭看。這孩子剛才還傷心地哭著，現在卻雙眼發亮迫切地看著自己。自己不該被纏上的，但這孩子既然已經看到自己，而且今天難得自己是個心軟的鬼怪。

「可不可以通融借我五百（萬）[2]……。」

「不行！妳回去和姨媽家的人好好道別，可能有一陣子見不到面。雞店的工作認真做，妳會被雇用的。」

好吧，就這樣。鬼怪說完話之後，自我理解地點了點頭，然後化為一團碧火消失。眨眼間發生的事情，听晫這才遲鈍地對著空氣說：

「啊！……那男朋友呢？」

防波堤上又只剩下听晫一人。所以才孤單啊！孤單了好久了。不過，或許自己也有守護神吧！不，那人真的是自己的守護神！真是那樣就好了，只要自己不是一個人就行。原本空著的手上，有了一束蕎麥花，听晫在嘴裡喃喃說著花語「戀人」，彷彿被定住了般，久久站著不動。歸於平靜的大海，也駐足在听晫身邊。

●

與一臉的面無表情不同，鬼怪的心情還不壞，只是有點摸不著頭緒，淡淡的憂鬱而已。就先從雨過天青開始做起吧，活潑的女高中生心願，大致都會實現。

沉思著走進家裡，只見一個黑衣人站在那裡，光看就覺得一片愁雲慘霧，原來是舊識——陰間使者。察覺到後方動靜，轉身一看，陰間使者也大吃一驚。

「你住這裡？」

鬼怪才想問，這傢伙為什麼會出現在自己家裡。想抓來問個清楚的對象正好朝著兩人走過來，是泡了咖啡放在托盤裡捧來的德華。

「解釋！」

「昨，昨天住進來的，阿叔！」

這個自稱房東，連租賃合約都簽完了的財閥富三代，竟然喊鬼怪「阿叔」，一旁看著的使者驚訝地張大嘴。

「我說，阿叔！反正這房子要空個二十年不是嗎？二十年可以收多少房租，我就是單純想知道而已……」

也就是說，這個冒失的假姪兒，把這房子租出去——這棟鬼怪的房子，而且還是租給了陰間使者。鬼怪氣得半死，只能皮笑肉不笑地吐出一句：

「你知道那東西是什麼嗎？和那東西簽約……」

「怎麼可以稱房客是那東西！人家經營一間茶館！很抱歉，我家阿叔沒什麼社會

2 約台幣十五萬元左右。

經驗。」

茶館……陰間使者的茶館是亡者最後逗留的空間，也是為了讓善良的人忘卻此生痛苦回憶，提供一杯茶的地方。

鬼怪一臉兇狠，德華雖然被這臉嚇到，卻還是決定裝傻到底，反正事情做都做了，合約也簽了，誰叫你們停掉我的信用卡！鬼怪咬牙切齒，看著作賊喊抓賊的德華。

就連陰間使者這會兒也開始堂堂正正地主張，這是自己的家。但鬼怪嗤之以鼻，嘲笑合約燒了不就得了，讓陰間使者氣得說不出話來。鬼怪的地盤上，大概沒人敢把鬼怪趕出去吧，鬼怪就是這樣的存在。但話說回來，陰間使者手中握有租賃合約，雙方最後打成平手。這房子確實非常寬敞，也正如德華所說，自己即將離開，因此鬼怪決定像這房子一樣，做個寬大為懷的主人，讓出一個房間給陰間使者。房子的問題這才勉強告一段落。

鬼怪轉身回房，德華對著陰間使者雙手合十說，喊你房客，覺得這稱呼太沒人情味，剛好你和我阿叔像是舊識，不如喊你末間阿叔吧。陰間使者心想，這鬼怪的姪兒臉皮還真厚。

「末間阿叔，我就直截了當跟你說，拜託救我一次。如果有位老爺爺過來，問你是誰，你就說是來玩的，好不好？如果那位知道我把房子租給你，我就死定了！」

那些錢是陰間使者牽引亡者，做著如同俗世公務員的工作，一分錢、二分錢，辛辛苦苦存下來的。用那筆錢好不容易替自己租了一個房子，好死不死竟然是鬼怪的房子。這下連合約都簽了，他不想放棄這間房子，雖然哭笑不得，也只能聽從德華的要求。

「那位老爺爺是誰？」

「我祖父。」

那合約，他真的不知道簽得對不對。

●

還說什麼可以找到打工的工作、解決姨媽一家人的問題，根本就不是什麼守護神，分明就是騙子鬼。自己算什麼，還敢妄想守護神。連日來尋找打工機會都被拒絕的听晫，步伐一看就很沉重。

走著走著，突然看到走在前方的男人，隨手把菸蒂丟在路上。菸蒂掉在散落路面的傳單上，火一下就著了起來。當听晫發現時，男人早已走遠。听晫趕緊跑過去用腳踩熄著火的傳單，殘餘的點點星火，听晫接連用嘴吹了好幾口氣，好不容易才把火熄滅。

「看吧，就是妳！」

不見人跡的街道上，男人又出現在這裡。听暐雖然吃驚，但沒有上回嚇得那麼厲害。突然現身，似乎是這位叔叔的愛好。

「啊，幹嘛老跟著我！」

「不是我跟著妳，是妳又召喚我。」

我哪有辦法召喚你啊？正好我想找你問問我的願望為什麼沒實現，可是連個聯絡方法都不知道，我還以為碰上了騙子，听暐心想。

「我哪有什麼法子召喚你啊！話說回來，叔叔你真的是守護神嗎？屬於哪一類的？失神？慌神？楞神？還是勞神？[3]」

听暐對著身體突然移動至此，自己也百般不得其解的鬼怪，開始追究對方到底是不是自己的守護神。看來這孩子大致能實現的願望，目前尚未實現的樣子。不過重要的不是這個，她到底是怎麼把自己召喚過來的？這孩子究竟是怎樣的存在，竟然能召喚自己？這些對鬼怪來說，才是當務之急。

「沒事幹嘛講得像願望會實現一樣，害人家滿心期待！」

「妳還敢說，妳到底對我做了什麼……」

「我沒有召喚！」

「就是妳，絕對是妳，是妳沒錯！我從來沒碰過這種事！」

大馬路上，一個身材高大的男人和一個女高中生爭論不休的光景，實在難得一見。

听晫靜心想了想，難道是真的？

「把你在我身上看到的全部告訴我。」

「穿著校服。」

「還有呢？」

「短髮。」

「就這樣？沒看到什麼像翅膀之類的東西？我想我大概是妖精吧，奇妙仙子Tinker Bell[4]！」

這女孩有時看還挺惹人疼的，但看來沒這個必要對她好。鬼怪本想找到些頭緒才注意聽听晫說話的，這時眼神一沉，化成一團火花，消失在听晫眼前。

這人總是突然出現，轉瞬消失。听晫沒來由地感到遺憾，忘了問電話號碼，下次碰到一定要好好問問打工的事。

3 原文망신（丟臉）근신（擔心）내신（內臣／高考）당신（你），強調最後一個字的發音都和「神」字相同，所以取其喻，不取原義。

4 電影《小飛俠》裡，有著一雙透明翅膀會飛的小仙女。

不過，真的是自己把那男人召喚出來的嗎？自己對鬼可是避之唯恐不及，從來沒有召喚過。那人就只會對一個連怎麼召喚都不知道的人連番逼問……沒能實現的願望，加上不時出現的男人，亂了听暐的心。隨便哪個神都好，她還是想好好祈求一番，於是便朝著天主教堂走去。

整個彌撒時間裡，她一直想著那位英俊叔叔，苦苦思索他兩次出現的情況，突然找到了共同點。彌撒結束，空無一人的教堂裡，獨自坐在長椅上的听暐突然起身走到聖母像前，拿起面前的火柴一擦，點燃燭火。然後呼的一聲，用嘴吹熄火柴，靜靜望著發出微弱光芒的蠟燭。

教堂裡一片靜寂，背後卻傳出有人噠噠噠走來的聲音。听暐馬上轉身一看，果然！

「我知道了！我知道怎麼召喚了！」

這已經是第三次了，突然被召喚過來的鬼怪，微微地嘆了一口氣。幸好衣服都換穿好了，稍微再早一點的話，自己就差點見不得人了。聖母瑪利亞和耶穌的雕像，併排從上方俯看著鬼怪。穿過七彩玻璃的陽光，微微照進教堂裡，鬼怪就在那光線中，大踏步地走了過來。

「即使如此，也不該在這種地方召喚我吧？」

「你會怕嗎？人家說這都是一些很好的人！」

「少拍馬屁！自己明明說沒有神，還把我召喚出來幹嘛！」
「就隨便試試看嘛！」
隨便試試？知道了方法，就「隨便」把身為「鬼怪」的自己召喚出來，這女高中生說的話真讓人為之氣結，鬼怪皺緊眉頭轉身走了出去。教堂裡，眾神面前不好故意施展能力，因此鬼怪決定不化作火花，轉為拉開門走出去。
那模樣太好笑了，听晫忍不住嘻嘻笑，也跟在他身後走了出去。總是穿著時髦大衣，不知是鬼，還是守護神的男人，听晫抓住他的大衣袖子，追問自己的願望。雖然願望一個都沒實現，但有個自己一召喚就來的存在，心情還是很好。
「很快就會解決的，打工事情也是。」
「不是啦，我是問男朋友！」
「那也需要妳自己稍微努力！」
鬼怪一臉不可理喻的樣子，厭煩地提高音調，轉身又化為碧火消失。
「啊，又消失了！」
但這次，听晫一點也不擔心，因為她已經知道如何召喚了。
放學後在圖書館看書的听晫，驀然突發奇想。她已經知道吹熄蠟燭那人就會出現，那麼不知道用「那個」行不行？听暐坐在休息室裡按智慧型手機，下載蠟燭 APP。然後對著手機裡的蠟燭「呼」地一吹，畫面上蠟燭熄滅的同時，男人也出現在眼前——穿著一身筆挺黑服的鬼怪。

「還真的行！」

面對喃喃自語的听暐，鬼怪一臉生氣的表情。又沒事亂召喚，他正想化為火花消失的剎那，听暐緊緊抓住他的手。

「妳剛才抓住我了？」

「啊，等一下嘛！」

「妳知道嗎？都是妳抓著我，我才走不了。妳到底是什麼人？」

因為飄蕩在鬼怪四周，包圍住他的火花越來越燙，听暐受不了地放開手，呼呼地甩著手掌。連鬼怪要消失的事情都忘了，只是愣愣地站在那裡。

「哎，你也別當什麼守護神了，借我五百（萬）不行嗎？」

這孩子的處境令人同情，連路過的雜鬼們也似乎知情，但也不能因此就聽她胡言亂語。反正她的願望很快就能實現，再稍微等一下多好！雖然不知道從前她是怎麼撐過來的，但性格卻有點操之過急。從她老是召喚自己的行為來看，就可以知道。孩子的處境雖然不堪，但鬼怪也有自己的難處，今天可是非常重要的日子。

「今天我有點事得走了。」
「什麼事？哇，今天衣服穿得挺嚴肅的。」
「明天是我朋友的忌日。」
「既然是明天，你為什麼今天就走？在外地嗎？」
「今天就是那個地方的明天。」
不遠處有一扇門，如果想化為火花消失，這孩子一把抓住的話，就一點用都沒有。因此鬼怪加快步伐，打算從那扇門出去。听晫緊跟在後，鬼怪握住門把轉動，听晫不打算放過他，一直在後面碎碎念。
「我有事一定要問你。」
還真執著！鬼怪只好投降，決定先聽她說。
「我知道我這麼問聽起來很奇怪，但請不要誤會，聽我說完。」
「知道了，快說！」
「一開始，我以為你是陰間使者，但如果是陰間使者，應該一看到我就會把我帶走。然後我以為你是鬼，可是你有影子。」
兩人的視線都往地上瞧，淡淡的兩個影子重疊在一起。听晫也有自己的想法，就如同鬼怪搞不懂听晫的存在一般，對听晫來說也一樣。這人與平常她所看過的鬼魂不同，自己一召喚就來，還自稱是守護神，這種存在她第一次碰到，所以她也想了很多。

「叔叔，你不會是鬼怪吧？」

鬼怪，她現在說我是鬼怪嗎？鬼怪正眼看著詢問自己身分的听晫。這女孩看得見鬼，又有著悽慘的身世，但在鬼怪眼中，她也只是一個平凡的女高中生。身穿校服，頸子上圍著紅圍巾的這個女孩，看得見自己，能召喚自己，還抓得住自己。

「妳……到底是什麼？」

「我自己說出來雖然有點不好意思，不過我啊……是鬼怪新娘！」

「什麼？」

「你知道我能看得到鬼吧？我一生下來身上就有這個，大概是因為這個的緣故，鬼魂們才這麼說的吧，它們叫我鬼怪新娘。」

听晫解開圍巾，撩起頭髮，露出自己的頸子。藍色烙印，這女人迫切地想要救活自己腹中的生命。那天，鬼怪就為她做了一回心軟的守護神，現在他心裡有數這孩子為什麼能召喚他，但還是感到迷惑。

鬼怪新娘，是他長久以來一直等待的存在。因為有件事，唯有鬼怪新娘才做得到。一直以來他多麼盼望著新娘出現，為他做那件事情。

「證明給我看！」

「怎麼證明？難道要我飛給你看？還是變成一支掃帚？」

「不是那種，快啊！」

「我現在可是很認真的喔！」

「我也是。把妳在我身上看到的全部告訴我？」

噗嗤一笑的臉上，瞬間收起笑容，看來她確實是認真的。「把妳在我身上看到的全部告訴我。」這句話，卻有點像在開玩笑一樣，因為這是听晫說過的話，但逐漸深邃的眼睛再度表達同樣的意思。要我把看到的全部說出來，到底要我看什麼？听晫仔細地打量他。

「個子挺高的嘛！」

「還有呢？」

「衣服看起來很昂貴。」

「還有呢？」

「大概三十五、六歲？你想聽到的回答，不會是誇你英俊之類的話吧？」

一時凝重的空氣，又變得輕鬆起來。鬼怪低聲說：

「我想要的回答，妳應該知道才對。如果妳在我身上看到的就只有那些的話，那妳就不是鬼怪新娘。」

真的嗎？真的要我把看到的全部說出來？听晫眨眨眼睛。面對彷彿一無所知，只會眨眼的听晫，鬼怪長長地嘆了一口氣。剛才的心情有點緊張，又帶了點期待，現在反而有點生氣。

「對鬼怪來說，妳一點用處都沒有。能看到鬼雖然很不幸，反正是撿來的一條命，妳就擔待點吧。因為妳是我違反原則，插手人類生死所出現的副作用而已。」

一判斷自己不是鬼怪新娘，就說了一堆討厭的話，听晫聽了很不爽。不是就不是，幹嘛說什麼撿來的一條命，真是欺人太甚！就算自己活得像乞丐，也還是自己的人生，不分青紅皂白就把別人的人生當成副作用，什麼意思嘛！這樣的生活，難道是我自己願意的嗎？听晫用力咬著下唇。

「如果我不想擔待的話呢？」

「那也有方法讓妳按照原來的命死掉。」

听晫的眼眶終於湧出淚水，雖然一直告訴自己不要哭，但男人低頭看著自己的眼光，實在太無情了。從第一次看見他，就覺得他英俊得讓自己忍不住被吸引。他的身上有股微妙的氣息，臉上的表情總如烏雲密布的陰天，但當他微笑的時候，就像太陽從烏雲背後露臉般，給人溫暖的感覺。然而現在，男人又冰冷又可惡。

「哇，這話說的……知道了啦！剛才的問題我再問一次。叔叔，你是不是鬼怪？」

「不是！」

「不是？那你是什麼？我有沒有用處憑什麼由叔叔來判斷？」

「憑我是會花十元價值的程度，擔心妳乞丐般生活的人。」

看得見鬼，自己也認了！生活就像獨自走在伸手不見五指的黑暗隧道裡，自己也撐過來了。這全都是因為自己被稱為鬼怪新娘，只期盼成為鬼怪新娘之後就能幸福快樂地生活。但這個人卻說不是，說自己沒有一點用處。這根本前言不對後語，還說什麼擔心自己？自己反而要慶幸，這男人不是鬼怪。等真正鬼怪出現的時候，一定要再問問看，自己到底是不是鬼怪新娘。

昕晫仰頭望著自己，一臉的表情太哀怨了，鬼怪無可奈何地稍微緩和一下自己的表情。這女孩張口就說自己是鬼怪新娘，雖然很可恨，但他還是不該對女孩發脾氣。

「要活在現實裡，不要活在傳言中，因為妳不是鬼怪新娘。」

鬼怪回過身轉動門把，打開門，一片陽光燦爛。這是另一個世界，鬼怪的門，一打開就是他想去的世界。

「我話還沒……說完。」

想抓住邁開腿走出門外的鬼怪，昕晫也打開門跟了出來。外面是外面，卻有點怪怪的，這是她從沒見過的地方。

背後依然傳來听晫的聲音，讓鬼怪難以置信。轉身一看，果然是一臉荒誕表情的听晫，他頓時說不出話來。只要關係到這女孩，事情就變得匪夷所思。這次，真的，真的更驚人。這世上驚人的事情，主要都是鬼怪幹出來的，但這女孩卻不停地讓鬼怪受驚。

「妳剛剛是從那扇門進來的？跟在我後面？妳怎麼進來的？」

「握著門把，拉開門，跟在叔叔身後……不過，這是哪裡啊？」

從門裡進來有必要那麼驚訝嗎？現在自己對門外的這個世界更驚奇好不好！听晫四下打量周圍。和坡州英語村有點像，彷彿只有在電視劇裡才看得到的風景，一堆金髮碧眼的外國人來來往往地經過，怎麼看，好像就只有自己兩個東方人。听晫睜大眼睛，緊緊地貼在鬼怪身邊。

「說真的，這裡是哪裡？」

「加拿大。」

「加……拿大嗎？加拿大？楓葉國？有極光的那個地方……？這裡是外國？」

這裡明顯不是韓國，放眼望去，遍地楓紅。異國的秋天竟然如此火紅，讓人目不暇給。昕暐深深地吸了一口氣，連空氣似乎都更清新、更乾淨。一看到聳立在遠方的壯麗城堡，這才真實感受到這裡是外國。

不理會忙著四處觀賞的昕暐，鬼怪邁開步伐。這孩子不是鬼怪新娘，但不知是否因為是自己救活的，明顯和自己有很深的關聯，她是怎麼跟著從門裡出來的呢？噠噠、噠噠，身後的腳步聲忙碌又輕快，剛才還因為自己說的狠話，傷心難過。但話說回來，若不是如此個性開朗的孩子，也不可能在那種環境下成長的同時，還能擁有笑靨如花的臉孔。

對昕暐來說，第一次踏上的異國街道，竟然如此美麗。這陌生的街道，沒有沾染任何她出生成長之處的痛苦。

「哇，叔叔，你還有這種能力啊？」

「妳也有啊！說真的，妳到底是什麼？」

「這裡是加拿大，叔叔又有這種程度的能力，我決定了！」

「什麼？」

「我下定決心了！」

女孩脖子上圍著紅色圍巾，下巴一時沉入圍巾裡。紅撲撲的臉蛋莫名有點可愛，所以真怕她又會說出什麼樣的狂言。

「我啊！我要嫁人，嫁給叔叔你！」

果然，又是一番異想天開，令人出其不意的豪語。正想斥責她不要胡言亂語，鬼怪「嘖」的一聲，听暐趕緊搶著說下去：

「我想了又想，覺得叔叔你一定就是鬼怪。」

「……」

「我愛你！」

這直言說愛的女孩，就如同盛開的蕎麥花。「我愛你」的話在耳邊響起，鬼怪忍不住生氣。都說了不是鬼怪新娘，要活在現實裡，卻還這麼輕易地就把愛字說出口。他已經活了九百三十九年，不會拿一個今年才十八歲的女孩沒辦法，但「我愛你」的聲音又一次在耳邊響起，時間彷彿靜止下來。對著一臉驚愕的鬼怪，听暐笑得燦爛。

「看你，還裝出第一次聽到的樣子。」

「別亂說！」

「看你，也沒有嚴詞拒絕啊！」

鬼怪哭笑不得，正想說點什麼，听晫卻啪地拍了他一下，就飛也似地走到街上去。听晫的動作快得讓他伸出去想抓住她的手，一下就落空了。

對听晫來說，這是她從未感受到的自由。即使她從不認為自己受到什麼羈絆，但一股解放感卻滲透了她全部的身心。到處都是閃閃發亮的東西，為了瞧瞧那一閃一閃的小東西，听晫逛遍大街小巷。一會兒東，一會兒西，听晫不知道喊了多少聲「叔叔、叔叔」。鈴樣的聲音，這次從楓葉如地毯般鋪滿整個路面的大街上傳來。每次風一吹，一陣楓紅就落在肩膀上，還有些飄落到听晫戴的連衣帽後面。听晫努力伸長手，想抓住飄落的楓葉，手觸不到，只好踮起腳尖往上蹦。但還是不行，正想放棄的時候，往旁邊一瞧，鬼怪手上已經舉著一片楓葉。

「剛才抓到的嗎？不是吧！說是撿到的，快點！」

鬼怪一臉莫名其妙地看著听晫。

「人家說，如果能抓住飄落的楓葉，就能和走在一起的人成為戀人！所以趕緊丟掉。」

對著听晫想搶過去丟掉的手，鬼怪手臂高舉。身材高大的他，手臂一伸長，听晫根本搶不到。

「給我老實說，是妳剛才胡謅的吧？」

「才不是！人家說如果抓住飄落的櫻花瓣，就能和初戀修成正果。你不知道嗎？和那是同樣的道理喔！」

听暐又蹦了一次，努力想抓住楓葉，但要觸到鬼怪的手，那高度實在太高了。看著一臉忿忿不平的听暐，鬼怪忍不住出聲嘲諷。

「妳不是說愛我？」

「叔叔你是鬼怪嗎？」

「不是！」

「所以啊！快給我！」

「那妳為什麼要抓？」

「因為我想和我的帥哥走在一起。」

帥哥？鬼怪抬高一側眉毛。趁著鬼怪轉頭看向自己指的地方，听暐跳起來搶走楓葉。听暐手指的地方，有個金髮美男站在那裡。正確來說，是個美男鬼。這女孩說看得到鬼，還真是無時無刻都看得到呢！

兩人吵吵鬧鬧走到一處地方，正是听暐以為是城堡的所在，原來是一家豪華旅館。

旅館內部也如同街道，十分華美，听晫自然是第一次來到這麼高級的旅館。事實上這地方所有的場所，所有的感覺，對她都是第一次。人來人往的旅館大廳裡，一整排候客沙發。看著眼珠子骨碌碌轉著的听晫，鬼怪讓她在沙發上坐下來。

「在這裡等著！」

「你要去哪裡？」

「去辦事。」

「什麼事？我不能一起去嗎？你去跟誰見面？」

面對質疑攻勢，鬼怪的嘴閉得緊緊的，看來一點也不想回答。

「你是不是要和女人見面？大老遠跑來加拿大，一定早就約好了吧？難怪說我不是鬼怪新娘，原來是有原因的。好吧，快去快回，我身上一毛錢也沒有，也沒有護照，也沒有認識的人，連呼吸都不安穩，也只能一個人在這裡等……」

不理會牢騷發個不停的听晫，鬼怪連句回應也沒有，就走出旅館。看著逐漸遠去的鬼怪，听晫不禁抿了抿嘴。

這是一片與藍天相連的碧綠原野，鬼怪緩步走向草原正中央。那裡豎立著幾塊墓碑，鬼怪身穿黑色西裝，手裡拿著花束，就是為了他們。

【劉錦善：出生于高麗永眠異國】

「向來可好？」

寫著漢字的墓碑，在加拿大土地上顯得十分異國色彩。

【劉書元：汝之上土如蟬羽[1]】

【劉文秀：好友尊師此地永眠】

他的眼光掃過墓碑上刻的字句。

「你們也平安無事吧？一直以來，我就是這麼活下來的，始終無法平靜。」

獨自佇立的鬼怪身後，放眼望去就是旅館大樓和魁北克的市中心。當初這裡還是一片蓊鬱森林的時候，他首次踏上這塊土地。歲月不斷流逝，如同韓國的改變，這地方也變了很多。始終毫無變化，依然活著的，只有自己。帶著這一生所有的回憶活著，簡直就像活在地獄裡，而且是地獄的正中央。

他也曾經想了結這漫長枯燥的生命，也曾想拔出插在胸口上的劍。但無論他再怎麼向神祈求原諒，神也依然充耳不聞。劍紋絲不動，能拔出劍的，只有鬼怪新娘。所以他一直在等待能給他帶來死亡的人。

這是一段遙遙無期的等待。

听晫找到一臉淡然、坐在無數墓碑前的鬼怪。一個人坐在旅館裡實在太無聊了，听晫便出來找他。其實听晫沒指望能找到他，沒想到遠遠地便瞧見他。雖然想靠過去捉弄他一下，但這麼做似乎有點困難。

望著天空的他，看起來在思索著什麼。不說狠話，靜靜坐著的他，遠遠望去就像一幅畫，一幅靜謐哀傷的畫。每當頭髮被風吹起，听晫的視線就忍不住飄向他。摘一枝蒲公英，呼地吹向孢子。孢子被吹得飛了起來，飄向遠處，飄到他身邊。听晫覺得，這景象美得令人悲哀，因此她只是靜靜地守在一旁。

沒多久，夜幕籠罩大地。

坐了好一陣子之後，鬼怪打起精神一看，太陽已經下山，他隨即起身站定，將听晫一個人丟在旅館裡的這段時間也過得太快了。正想轉身回去，卻看到通往旅館方向

1 白話為「願只有薄如蟬翼的一層土覆在你身上」，推測有「放下身上重擔，安息吧！」之意。

的路上，听晫就站在那裡。一時的擔心，現在終於鬆了一口氣。

「不是叫妳要乖乖待著嗎！」

「我乖乖待著啊，你都不知道我來了！你要辦的事情……就是這裡？怎麼只有叔叔的墓碑上沒有名字呢？」

劉姓的墓碑之間，有一塊放了黑白照片的墓碑，是鬼怪的墓碑，沒有姓名，只有在年代上刻著「～一八〇一」。

「你每次都這樣離開生活過的地方嗎？幾次了？」

「沒數過。」

賭氣般的回答也飽含淒涼，听晫反而覺得心裡過意不去，便停下腳步，對著墓碑彎腰致意。

「您好，我叫池听晫，是大約兩百年後成了您新娘的人。」

「才不是！」

「看來不是的樣子。不過叔叔在兩百年後還是一樣英俊瀟灑！」

意想之外的話語，讓鬼怪直愣愣地望著听晫。

「偶爾雖然也有點可惡，不過還是很正直，所以不用太擔心。那我就告辭了！」

再次向墓碑鞠躬之後，听晫咧嘴一笑，不是對著墓碑上的照片，而是對著身旁的鬼怪，然後就率先往小丘下走去。鬼怪被那背影吸引住目光，很自然地循著听晫走過的路跟著走下去。

「在這裡住了很久嗎？」

「從那家旅館還是荒山小木屋的時候開始到現在，這麼長的歲月裡，我離開了又回來，回來了又離開。因為這裡是我當初告別故鄉之後，最初定居下來的地方。」

鬼怪用著低沉的嗓音，訴說自己的故事，听晫忍不住豎耳傾聽。

「好可惜喔！當初應該買下那間小木屋才對！那現在那家旅館就是叔叔的了！」

听晫真心惋惜！聽到這話，鬼怪噗嗤一笑。這意味深長的笑聲，讓听晫猛地抬起頭來。

「難道那家旅館……！」

「妳不會遲到嗎？」

「哪裡？」

「學校！」

听晫還在為「那家豪華旅館不會就是身旁叔叔的吧？」而大吃一驚時，這下又為別的事情吃驚，現在她完全可以體會灰姑娘在鐘響十二點時的心情了。不知道加拿大和韓國的時差到底幾個小時，听暐完全沒法掌握現在究竟幾點。鬼怪不慌不忙看看手腕上戴的手錶之後，才低聲說，現在是韓國上午十點。

汽車喇叭聲此起彼落，像被什麼追趕似的，行人神色匆忙。那後面便是熟悉的風景，打開行經的建築物大門走進去，就來到這裡。站在人行道前面，听暐深深吸了一口城市滯澀的空氣，笑了起來。

「啊，睡了個好覺！」

那笑容一點也不像孩子該有的樣子，反而顯得有些惆悵，鬼怪不禁訝異。

「好像從夢裡醒來的感覺，我啊！從來不敢想像國外旅行這樣的事情。託你的福，去了一趟外國，謝謝！」

不管是在飄落的楓葉之間，還是在城市的市區裡，都一樣帥氣，听暐再一次將鬼怪深深地映入眼中，多了一份美好的回憶，真的很感激他。听暐鞠躬致意，反而讓鬼怪感到有點尷尬。雖然是听暐自己隨便跟了過來，但自己也沒為她做什麼。听暐咧開嘴笑得燦爛。

「那我告辭了，夢醒了，該去上學了。今天如果給你添了麻煩，也請你多多包涵！因為我實在太開心了！」

昕晫轉身朝著學校跑去，希望回憶不要隨風飛逝，這是昕晫一生中難得的時光，因此才更加珍貴。沒人在背後竊竊私語，沒人會折磨她，只有一眼望去無比美麗的街道，還有愛跟她鬥嘴，卻願意走在她身邊，應該是守護神的男人，以及那些想長長久久珍藏在回憶裡的場景。

男人的眼睛變得更加深邃，看著這個偶然目光相遇，直言說愛，搞得時間彷彿靜止般的女孩。

因為遲到，昕晫被班導叫到教務處，責備她高三學生怎麼還敢遲到，狠狠挨了一頓訓。面對成績雖好，但家境貧寒，很少和同學往來的昕晫，班導似乎毫不掩飾對她的鄙視。已經習慣沒人喜歡自己，所以昕晫再度強忍下來。心情平復時，還是聽自己喜歡的電台節目最好，輕柔的演奏曲和主持人的聲音，撫慰了昕晫的心。

從書包裡拿出書，一翻開書，一片楓葉就出現在書頁間。這是掉落下來被鬼怪抓住的那片楓葉。看到紅得均勻的楓葉，自然而然就想起那些時光，微笑也跟著爬上嘴角。打開門走出去，如果又是加拿大的話，那該有多好！

「賤東西！這都多晚了，跑到哪裡現在才回來！」

別說什麼加拿大了，一打開玄關門，迎接昕晫的就是姨媽尖銳的大嗓門。回一句現在才下課，又被大聲斥責愛頂嘴，還不趕快做晚飯。京美、京植也肚子餓得發火，這群有手有腳的人，全都坐著不動，看著听暐。還來不及喘一口氣，听暐只好又忙著捲袖子做飯。

冰箱裡沒什麼食材可做菜，听暐決定做紫菜飯捲。燙了菠菜調味之後，再煎了一張蛋皮。捲了飯捲，整齊地排放在砧板上，只見京美從房間裡拿著什麼東西噠噠噠地跑出來，手中晃動的紙張似乎很熟悉，听暐脫下塑膠手套，連忙從廚房裡跑出來。

「她準備逃到外國去吧！這裡是加拿大耶！」

姨媽一把搶過小冊子，瞪大了眼珠。

「喔，我就知道妳這賤丫頭會這樣，拿著保險金乾脆逃到國外去？那妳還敢說沒有存摺？」

一臉疲憊的听暐向姨媽伸出手，如果可以的話，她真的想逃。哪裡都好，只要不是這個厭惡到極點的家就行。

「請還給我，那是我拿來做紀念的。」

「怎麼說是紀念！紀念什麼？妳什麼時候去過這種地方！妳今天被我逮個正著，我養妳這麼大，妳就這麼報答我？」

習慣了動手就打的姨媽，又開始用手狠抽听暐的背脊。即使打到听暐痛得呻吟也不停手。就算听暐想躲，姨媽的手又會往肩膀、背脊打去，但听暐卻始終不願放棄小冊子。

造成眼前騷動的禍首——京美，卻好命地走進廚房，想吃听暐捲好的紫菜飯捲，便拿起刀切飯捲，切著切著一不小心就切到手指頭。唉呀呀，京美大呼小叫，捧著流血的手指頭，拚命喊自己的媽媽，姨媽抽打听暐的手這才停了下來。

姨媽一家人圍著手指頭流血的京美，听暐看了一眼之後，連同小冊子一起，收拾好書包，便走出家門。順手帶了一條捲好的飯捲，听暐自己也餓了，不吃撐不下去。坐在人煙稀少的小巷白鐵椅上，听暐抱著書包，往嘴裡塞飯捲。這是常有的事，所以她也不想哭。反而是看著皺皺的小冊子，忍不住悲從中來，感覺美好的回憶都皺了般。

一整條飯捲都塞進嘴裡之後，她開始來來去去在街上走了起來，同一個地方就走了三遍。雖然離家出走，但自己一個朋友也沒有，可說無處可去。行人們都是三三兩兩成群地走在一起，只有听暐獨自一人。每次察覺到這點，就讓她痛徹心扉。至少今天早上，還有個人陪伴自己一起走……

「咦？」

剛才還在大樓上低頭俯瞰著听暐的鬼怪，一下子就站到听暐面前。他習慣在建築物頂樓上，俯瞰人間眾生相。而今天他尤其想看到听暐，這個直言說愛自己的開朗少女。

「才見過沒多久，幹嘛又召喚我，大半夜的。」

「我沒有召喚你啊？」

提著彷彿是世上最沉重的書包，听晫的表情稍微鬆動，因為鬼怪就站在自己面前，鬼怪一定就是自己的守護神，听晫這麼認為，書包也變得輕了一些。

「召喚了！」

「沒有啊，這次真的沒有！」

「妳剛才有沒有在想我？」

啊，想了！剛才還在想誰能陪伴在自己身邊時，想到了守護神。

「看，沒錯吧！妳想了我。都怪妳想個不停，我這個大忙人，才會被妳一再地召喚出來。」

「我只要想想叔叔，你就會被我召喚出來嗎？」

「這我不太確定，不過我這人比較細膩、敏感，所以我們彼此都小心點。」

鬼怪有點嘔氣的口吻，讓听晫連連道歉，覺得這人有點麻煩。

「妳怎麼會想到我，哪種的？」

「嗯……加拿大好美喔，如果能住在那裡，一定很快樂，至少我曾短暫地快樂過。

想到這裡，自然而然就想到叔叔……衣服看起來很貴，手錶看起來更貴，自己還擁有一家旅館，什麼好東西都有了……為什麼還顯得那麼悲傷？」

說著說著，听晫這才認真思考。墓碑前的他，確實顯得很悲傷，所以自己才會用更開朗的語氣向沒刻名字的墓碑鞠躬說幾句話。難道是因為大衣的衣角在秋風中翻飛的緣故，才使得這叔叔看起來很寂寞？或許是因為在自己悲傷孤獨的時候碰上叔叔，才會連看他都有股悲傷味道吧。听晫覺得自己說了不該說的話，尷尬地笑了起來。

鬼怪轉開視線，這孩子說話總是讓人措手不及。

「先不說那個，倒是妳，怎麼在這裡繞來繞去的，大半夜的很詭異。」

「這你怎麼知道？」

「我也希望自己能不知道就好。」

就是看到她泫然欲泣的模樣，自己才終於跳了下來，在沒有被召喚的情況下，就這麼站在她的面前。不知不覺牽掛著她，才會這麼做。

「我在等姨媽一家人睡覺，他們一睡就睡得很死，被人背走都不知道。我打算回去趕緊睡，早上再早早出門去。估計等到十二點，他們就睡死了。」

鬼怪嘖嘖兩聲，難道十二點以前，她就繼續這樣詭異地走來走去嗎？這女孩膽子還真大！結果最後卻變成鬼怪也參與了女高中生的詭異行為，陪著在街上走了一圈又一圈，同一家店前面都已經走過三次了。

听暐很感謝鬼怪能陪著她一起走，但她無法說出感激的話，因為鬼怪一直堅持是自己消化不良才出來散步的。十分鐘前還努力忍著不讓自己哭，現在則是忍著不讓自己笑出來。

路過的女高中生發現他們倆，是在學校裡欺負過听暐的班上同學之一——秀珍。怎麼會有一個看起來三十五、六歲的男人和池听暐在一起，傳出去說這是援交現場，池听暐就丟人現眼了。躲在車後的秀珍，拿出手機正想拍下這兩人的模樣，就在要按下快門的那一瞬間，「啪！」車門突然打開，讓她痛得連聲音都叫不出來。正想破口大罵「有人在後面，怎麼可以隨便開車門」時，卻發現車裡一片黑暗，空無一人。搞不懂車門究竟是誰開的，驚嚇之餘卻又看到車門「砰」的一聲自動關上，秀珍嚇得半死，趕緊逃之夭夭。

阻止秀珍拍照的是鬼怪，為了不讓听暐發現，他一面繼續和听暐說話，一面在身後對著秀珍方向施展法術。幾次在路上碰見听暐的同時，他也看到在她背後竊竊私語的那群學生，所以他一看就知道那女學生打算欺負听暐。秀珍跑走之後，他心情愉快地低頭一看，不知情的听暐嘴角正帶著一朵微笑。這孩子的人生還真孤單，鬼怪忍不住這麼想。

「我說啊，打工哪時可成？」
「明天。」
「不會是要我在雞店裡當雞吧？」
「妳想當雞嗎？」
「啊，你這什麼守護神！那姨媽一家呢？」
「呼呼大睡呢！回去吧！」
剛才還陪著她走了好一陣子，鬼怪卻頭也不回地大踏步走掉了。不知不覺就走到了家門前，听晫還想跟他道別說聲再見，人卻早已消失無蹤，這人還真是神出鬼沒！

奇蹟

（今天真的能被雇用嗎？）

經過炸雞店，看到門上貼著徵工讀生的傳單，听晫馬上推門走了進去。店裡擺了不少張桌子，但一個客人也沒有。坐在窗邊桌旁的女人，正無聊地、機械性地嚼著爆玉米花，而且美得不像真人。對著推門而入不知所措的听晫，女人問了一句：「外帶嗎？」

「啊，我不是客人，看到外面貼著徵工讀生，請問老闆在嗎？」

「在啊，這裡！」

美得不像真人的女人，就是老闆。長得這麼漂亮，而且還是老闆，看起來似乎更美了。老闆敲了兩下桌子要听晫坐下，听晫趕緊走到桌子旁邊坐下來，近看又更美了一些。

「高中生？」

「啊，是的，老闆！您長得太美了，我還以為是客人呢！」

「是啊，客人最美了，可惜已經好久沒看到客人上門了。」

順口溜的語氣充滿十足魅力，炸雞店老闆，名字叫 Sunny，另有本名，但她喜歡 Sunny 這個名字，就用這個代替本名。听晫第一次碰到這類型的面試，心中惴惴不安。雖然听晫請老闆想問什麼隨便問，但老闆什麼都沒問，反而使听晫坐立不安。

「順便說一下，老闆您有什麼條件，我都可以配合，因為我已經走投無路了。我今年十九歲，父母早逝，舉目無親，孑然一身……。」

「啊，醃蘿蔔，我們店裡的醃蘿蔔很好吃喔！可惜好久沒有客人討要醃蘿蔔了。」[1]

看來客人真的很少，听晫背後直冒汗。

「妳很窮嗎？」

「算是吧！」

「學校呢？不上學嗎？」

「上學啊，今年高三。」

1 韓國炸雞店裡甜酸醃蘿蔔是點炸雞時附贈的配菜，可以解油膩，內用不限量，吃完可以再跟店裡要。

「真好！年紀這麼小！」

摸不清對話走向，听晫有點慌亂，但奇怪的是，心情還不錯，可能因為對方是個大美女吧。

「等會兒有事嗎？」

「沒有啊？」

「那從今天開始就算第一天吧，去工作！」

就這樣莫名其妙地輕易找到打工。听晫連忙起身道謝。看著大聲喊著自己一定會認真工作的听晫，老闆噗嗤笑了起來，對年紀小、聰明可愛的听晫也很滿意。因此老闆 Sunny 在雇用听晫之後，說一聲有事外出，轉身就走掉了。

他真的是自己的守護神吧！雖然他堅持否認，但應該就是鬼怪。听晫一面把寫著自己名字的名牌別在胸口上，一面思索。第一個想告知這個消息的人，也是他，因為他幫助了自己。雖然听晫拚命想著鬼怪，但店裡依然不見他的蹤影。他自己明明說就算腦子裡想，也能把他召喚過來的，結果听晫只好拿出大大印著炸雞店店名的火柴，擦亮後呼地一吹。

「我終於找到打工的工作了！老闆是個大美人！」

得意洋洋的听晫面前，果然鬼怪又出現了。出現是出現，模樣卻有點不同以往，腳下穿著室內拖鞋，一身睡衣裝扮，幸好身上還罩了一件睡袍，手裡拿著一根叉子，上面叉著一塊牛排。

正要把牛排放進嘴裡時，身體卻瞬間消失，再出現時已在听晫面前，鬼怪眉頭皺了起來。

「吃那麼貴的東西！卻捨不得借我五百（萬）。」

「妳就不會想到要用手機打電話，先約好時間再見面嗎？像個文明人一樣？」

「我覺得這樣很好啊！」

「我覺得一點都不好，妳就不會用想的嗎？」

「想了啊，可是你沒出現。」

腦子裡想想也會出現的說法，根本就是騙人的，鬼怪心裡一緊，但也不能總是在自己毫無防備的情況下，不時被召喚出來吧。

「我倒想在和你約定終生的前提下，見面交往……我愛你！」

這句愛的告白魯莽到給人不懂事的感覺。找到打工機會，听晫心情好得不得了，即使鬼怪皺了一下眉頭轉眼消失，即使他連一句恭喜的話都沒說，听晫也無所謂。牛排味道勾得她飢腸轆轆，這才是大問題。

穿著睡衣被听晫召喚過去之後，鬼怪有了煩惱，無時無刻會被召喚的情況，比想像中更累。鬼怪煩得在家裡踱來踱去，突然跑去敲陰間使者的房門。兩人之間雖然總是吵吵鬧鬧，但同樣身為非人類的存在，彼此都是對方最好的說話對象。

阿使只能心不在焉地看著鬼怪窮緊張，一開始是衣服，換了不知道多少套後，鬼怪轉頭問哪件最好看。

「拜託你專心點！就當作我要離開這個家的時候穿的衣服好了，那會容易一點。」真不知道這話對提高注意力有沒有幫助，就算有，也是一時而已吧。過一會兒鬼怪又帶著光碟和黑膠唱片過來，從古典到流行音樂，不論哪種設定都有，讓陰間使者簡直無語。

「最近哪有人用那種東西聽音樂？」

阿使這麼一指責，鬼怪下次就帶著一幅名畫過來。

鬼怪東西換來換去，一下這樣，一下那樣，簡直沒完沒了。阿使受不了，拉上棉被，打算蒙頭睡覺。白色棉被蓋到頭頂，看起來就像死人一樣，鬼怪只好在陰森森的氣氛下，悄悄走出阿使的房間。

「在連日暴雨的觀測下，氣象廳對部分地區發布豪雨特報」，電視機裡傳來天氣預報的聲音。炸雞店玻璃窗外頭，應景地下著大雨。听晫正拿著大拖把拖地，也忍不住看著外面下的雨。老闆 Sunny 則是坐在桌子一角望著窗外。

「下雨了……真好！」

Sunny 嘴裡嚼著爆米花說。听晫走了過來站在一旁抗議：

「有什麼好的，一下雨都沒客人來。」

「不下雨客人也不來，反正都不會來。至少現在還有雨來，不是很好嗎？」

老闆真的很有意思！因為美女老闆說下雨好，連听晫也想跟著一起喜歡，但沒有雨傘，心裡頭還是擔心。

「我雨傘多得很，拿一把去吧。我嫌麻煩，每天都懶得帶走。太麻煩了，所以妳也絕對不要帶來還我。」

「耶？真的嗎？」

店裡一角的傘桶內，果然如 Sunny 所說，插了好幾支雨傘，听晫從裡面挑了一支最不起眼的。

「哇，我終於有自己的雨傘了，謝謝您！」

又不是第一次看到雨傘，幹嘛那麼高興？看著這樣的听晫，Sunny 無所謂地捏起一撮爆米花往嘴裡塞。她不知道雨傘對听晫代表什麼意義，自然會對听晫的反應感到驚訝。

明明有兩把雨傘，姨媽家的人卻連一把都不給听晫用。Sunny 隨便就給了一把小傘，這對听晫來說，算得上天大的體貼。打工也好，雨傘也好，听晫有種人生漸入佳境的感覺。這都該歸功於遇見了守護神嗎？听晫撐開雨傘試著轉動看看，劈里啪啦下著的雨，今天也不那麼令人厭惡了。

●

听晫在手裡滴溜溜地轉著用心壓了膜的楓葉。啊，真好看！對自己做的楓葉書籤實在太滿意了，听晫忍不住笑了起來。人跡罕見的夜裡，听晫蹲坐在圖書館後面的台階上，拿起火柴。心虛地用手把頭髮攏到耳後，再乾咳幾聲，深呼吸平穩一下氣息之後，才擦亮火柴吹熄，因為接下來眼前就該鬼怪上場了。

「叔叔，你的禮物我……！」

昕暐話還沒說完，張大了嘴整個人都僵住了。因為出現在眼前的，不是鬼怪，而是陰間使者，她以前見過，想把自己帶到什麼陽世還是陰間的那個黑衣人。昕暐用力閉上眼睛，旋即轉過頭去。

「圍巾，圍巾忘了拿。」

心虛地摸索脖子周圍，轉身要走，阿使一晃就移動到她面前。

「妳果然看得見我，十年前是，現在也是，說的台詞也一模一樣。我知道妳看得見我，這下也沒人可以守護妳了。」

看來要逃脫，果然不是件易事。昕暐握緊拳頭，看著阿使，心跳如鼓。

「我也知道會被逮到。」

「當初妳搬家，害我找了妳十年，沒想到會這樣遇見妳。」

「那你又何必找！你這種行為，在陽世叫作跟蹤狂，你知道嗎？我會控告你喔！生死簿上又沒有我的名字。」

「已經登記到漏網者名單上了，只不過要找齊十九年的證明文件，有點傷腦筋。」

陽世裡已經上了生死簿的亡者死而復生，被稱為奇蹟，但這奇蹟對陰間使者來說，就是出現漏網者的意思，也就是說這個人是漏網之魚，必須重新準備好文件，再次登錄到生死簿上。

「那我現在會變成怎樣？我要死了嗎？我才只有十九歲耶！」

「九歲會死，十九歲也會死，這就是死亡。」

聽了陰間使者無情的話，昕晫的思考整個停擺。好可怕，雖然現在的生活辛苦得要死，但她從沒想過真的去死。因為她始終認為，希望總有一天會到來。忍耐了這麼久，也等待了這麼久，終於等到某個人能實現自己的願望。如今，她不能死！

昕晫屏住氣息，身後卻多了一道黑影，發現黑影存在的阿使皺了皺眉頭。

「這回又是跟誰在一起？妳也真是的！」

昕晫聞言轉身，鬼怪就站在她身後。看到鬼怪，昕晫飛快地跑了過去，踮起腳跟張開手掌遮在鬼怪的雙眼前。

「快點閉上眼睛，對上他的眼睛就糟了，那人是陰間使者！」

被昕晫的手掌擋在眼前的鬼怪，垂眼看著昕晫，她抖得厲害，聲音和手也都在抖，即使如此，還是堅持警戒著阿使，彷彿認為可以保護自己不受阿使的傷害。明明連自己都保護不了，全身繃得緊緊的還這樣。

最近市區裡奇怪地雨下個不停，這都得怪鬼怪心情不好。隨著他的心情好壞，天氣也不停地變臉。常常當他一身完美打扮，做好和昕晫見面的準備時，昕晫卻沒召喚。所以他很焦急，卻又不清楚自己為何焦急。

好不容易終於被召喚過來，卻看見阿使在面前。真是個奇怪的孩子，隨時會讓他心情起伏不定。這些都是他至今從未感受過的情緒，每次種類都不同，感覺都很奇怪。鬼怪握住听晫遮在他眼前的手，緩緩放下，然後看著听晫說：

「沒關係，我們早就認識了。」

將听晫拉到身後，鬼怪注視著阿使，說：

「看來你在執行任務吧？」

一聽這話，听晫才鬆了一口氣，但仍不放鬆警戒，瞪視著阿使。接收到她視線的阿使才是滿腦子疑問呢！他很訝異這兩人竟然認識。

「我在執行任務，你呢？」

「我在插手人類生死。」

「所以說，你好像犯了大錯呢！這女孩十九年前早就該……」

阿使話還沒說完，天空中一道雷就打了下來，照亮黑暗的夜空。

鬼怪橫眉豎眼，阿使忍不住吞了一口口水，想起了前輩們提到鬼怪時說的話。

「鬼怪認真起來的時候，不要不當一回事，這話你沒聽過？小心點，說不定你的生死他也會想插手。」

這兩人之間究竟是什麼樣的關係，他一點都摸不著頭緒。這女孩到底是什麼人，連鬼怪都護著她。看到鬼怪生氣的模樣，阿使也不想再追根究柢。受不了這兩人之間的暗潮洶湧，听晫正想溜之大吉，鬼怪卻拉住她的手臂說：

「沒關係，妳留下來，他帶不走妳的。」

「剛才他說找了我十年……」

「沒關係，就算找了妳一百年，也沒有哪個陰間使者帶得走要嫁給鬼怪的女孩，而且還當著鬼怪的面。」

鬼怪低沉的話語，讓听晫瞪大了眼睛。遠處傳來救護車淒厲的鳴笛聲，阿使重新調整好頭上那頂壓低的帽子，今天來到這裡不是為了听晫，而是要帶走某個在醫院任職的醫生生命，回家再說清楚也可以。

「我們下回見，像今天一樣偶然相遇也好，事先約定時間也可以！」

這簡直就是死神在說話，听晫出於本能地往後躲。阿使慢悠悠地朝著救護車經過的方向走去。

圖書館前面只剩下兩個人，听晫腦子裡一片混亂，只好望向一臉鐵青盯著自己看的鬼怪。

「說吧，看妳一臉有很多話要說的樣子。」

「我說的沒錯吧，你明明就是鬼怪，我就知道！可是叔叔為什麼撒謊，說自己不是鬼怪？」

昕暐很想追問下去，但看著那一張陰沉的臉，她的聲音發抖，充滿不安。突然想起口袋裡的楓葉，果不其然，他就是鬼怪，可是之前他卻一直否認。還有一件事情也勾起了昕暐的傷感，那就是他否定自己是鬼怪新娘的事……心裡一方面期待他是鬼怪，一方面又期待他不是，都是因為他說昕暐不是鬼怪新娘的緣故。

「因為剛開始我不知道還能再見到妳，沒想到妳能進入我那扇從未有人跟過來的門裡。」

「那之後呢？我後來也問過好多次。」

「後來就覺得沒什麼必要糾正，從一開始到現在，或許未來也一樣，因為妳不是鬼怪新娘。」

「那我是什麼？女鬼們每天都在我耳邊嘮叨可惡的鬼怪，過來找我搭訕。不看它們就欺負我，看了又黏著不走。我明明還活得好好的，陰間使者卻說我不該活著，這樣的我又算什麼？」

「我說過了，這是妳必須承擔的事情，不該來怪我。」

他否認自己是鬼怪，所以否認昕暐是鬼怪新娘，這還能接受。但他明明就是鬼怪！即使在他真的是鬼怪的這個事實被揭穿後，他卻還是堅持否認自己是鬼怪新娘。太卑鄙了！真的覺得他太卑鄙了。剛才突然碰上陰間使者，驚嚇過度的心情，好不容易才平靜下來，也很感激他的維護，可是現在呢！

終於忍不住哭了出來，鬼怪這樣的存在，對听晫來說，是被大水沖走前，想捉住的一根稻草，也是她所期待從天上垂落下來的一條繩子。是听晫的世界裡，唯一的期待，也是唯一的希望。這也是她在有別於他人的艱苦生活中，找到自己存在的理由……但卻如此輕易就被否定掉。他擁有一切，卻對一個一無所有的女高中生，如此殘酷。

「你以為我見到鬼怪，就真的會嫁給他嗎？你就坦白說吧，是不是有其他理由？不會是因為我長得不漂亮，所以才說自己不是鬼怪的吧？是不是我和叔叔的理想對象差太多？」

鬼怪目瞪口呆，總不能要他和這個邊哭邊說荒唐話的女孩一起哭吧。但要他笑，他也笑不出來。

「妳很漂亮！」

明明說不是，說他自己不是鬼怪，現在又說自己漂亮，剛才還在哭的听晫，心裡一下子踏實起來。沉靜的一雙黑眼珠裡，映著自己的身影——一個沒什麼看頭的高中女生池听晫，哭喪著臉站著。

「我已經活了超過九百年，想找的不是漂亮的人，而是一個能在我身上發現什麼的人。因此，什麼都看不到的妳，不是鬼怪新娘，只不過如此而已。說妳沒什麼用處，也是基於這點。」

簡單明白地解釋為什麼否定昕暐是鬼怪新娘的理由，卻反而更傷人。

「沒必要感到傷心，反而該覺得慶幸。因為妳如果真的在我身上發現了什麼，到頭來妳反而會怨我。」

聽不懂他在講什麼，要怨，現在就在怨了。昕暐又計較地表示，既然如此，那就應該否認到底，為什麼現在又要承認。

「否認和承認都是出於相同的理由，就是告訴妳不要抱著無謂的希望召喚我，因為我很快就要離開這裡了。」

「……去哪裡？」

深邃的眼睛只是默默地看著自己，昕暐才剛停止哭泣，這下又有種泫然欲泣的感覺，既然不要我抱持無謂的希望，就不該讓我感受到和某人一起散步的滋味。真是可惡透頂的鬼怪！

「算了，你不用回答。誰說要當叔叔的新娘？如花似玉才十九歲的我，瘋了嗎？以後不會再召喚你了，你就放心過日子吧！我也不需要叔叔你！」

本來想表現出毫不在意的瀟灑模樣，大概沒辦法吧。昕暐滿懷失落的心情，轉過身去。抓著一個要離開的人不放，也沒什麼用。反正沒人需要我，不管是鬼怪，還是那位叔叔都一樣。

●

透過厚重的窗簾縫隙，可以看到窗外，連日來天空都是這樣陰沉沉的。鬼怪坐在窗前的沙發上，四周濃雲密布。那孩子傷心得哭了，這也等於是自己把她惹哭的。

「傳說新娘出現的話，你就會死。」

阿使皺緊眉頭，走近鬼怪身邊。空氣太潮濕了，連呼吸都不順暢。

「可惜我死不了，她看不到劍。」

「說不定是還沒看到，她年紀還小。」

「就因為她年紀還小，你也最好別在她身邊出現。」

「為什麼保護她？你不是說她連劍都看不到。」

所以啊，听晫似乎就是什麼都看不到的樣子。如果她真是鬼怪新娘的話，理應看到插在自己身上的劍才對。就因為听晫什麼都看不到，他才據此斷定她不是鬼怪新娘。既然不是，他當然也只好直言不是，結果卻把她惹哭了，真的很抱歉，這也讓鬼怪覺得那孩子的願望，自己連一個都幫不上忙似的。其實打工的事情已經解決，姨媽一家人他也打算盡快解決掉，或許是因為這孩子是自己救活的，對她有一份責任感吧。

受不了越來越嚴重的濕氣，德華從房間裡衝了出來，打開除濕機。除濕機旁的鬼怪嘆了一口氣，每嘆一口氣，周圍的濃雲就變得更多一些。德華煩得大吼：

「阿叔！不可以下雨！誰來收拾啊！」

聽到阿使說他是因為一個十九歲的女孩才這樣，德華喊聲「天啊！」，就一直追問細節。這兩個人搞得鬼怪疲累不堪，一再否認自己在想昕晫，但阿使卻一副了然於心的樣子搖搖頭。

「不過話說回來，男子漢大丈夫，傷了別人的心，說一句『對不起，讓妳傷心了！』道個歉不就得了。」

聽到不明所以的德華說這句話，鬼怪更感愧疚，但他沒有理由需要道歉。

●

打烊後的炸雞店一片昏暗，透骨的寒氣中，昕晫將自己帶來的一條毛毯裹在身上，將幾張椅子拼湊成一張床。正想躺到上面時，一堆亂七八糟的不好想法卻徘徊在眼前。

又被阿使發現她的存在後，听晫決定暫時從家裡搬到炸雞店裡來。幸虧搬了住處，不管是阿使也好，鬼怪也好，都撲了個空。

雖然像是自己傷害了那孩子，鬼怪沒有要道歉的想法。不過還是會擔心，畢竟自己是活了九百三十九年的成人中的成人，而听晫只不過是個十九歲的小女孩而已。秉持莫名的責任心，他又過來找听晫。他想告訴她，躲著阿使，趕緊搬家，可惜那家裡已經人去樓空。

看著天花板而躺了下來的听晫，緩緩眨著眼睛。被老闆逮到的話，說不定會被解雇。但她現在實在沒有辦法，這麼冷的天，也不能在外面露宿。未成年者能去的地方，也真的不太合適。說是家的地方，對听晫來說，也不是屬於「自己的家」，只是一個睡覺的地方而已。比起店裡，除了睡起來比較舒服之外，心理上一點也不舒服。

自己的宿命，就是成為鬼怪新娘，而那位叔叔就是鬼怪。宿命，多麼浪漫的一個詞。但浪漫？說好聽是浪漫，其實就是賣給他。所以听晫其實也不是因為鬼怪出現，就不由分說地要當他的新娘。但搞到最後卻反而是鬼怪先出面否定了一切，專挑一些狠話說，真該給他頒個獎。

「一支掃帚而已！」

童話書裡明明寫著，鬼怪的原形就是掃帚之類的東西，拽什麼拽，一支掃帚而已。

氣呼呼的听暐突然從椅子上一躍而起，太委屈了，這樣子不行。

這是听暐第一次主動找女鬼們，從一直追著听暐跑的處女鬼，到婆婆鬼，四個鬼在听暐面前排排坐好。听暐怕自己和女鬼們聊天，經過的人看到會以為她神經病自言自語，所以把女鬼們都叫到人跡罕見的巷子裡。

「妳們老喊我鬼怪新娘，為什麼這麼說呢？」

听暐追問。傳聞的源頭，是車禍當天目睹當時情況的婆婆鬼。婆婆瞇起眼睛，把自己看到的事情一五一十說出來。

「我覺得是看長相才出手救人的，妳媽長得很漂亮。妳媽都已經快斷氣了，沒兩下馬上又活了回來。大冬天的，櫻花瓣從天上嘩啦啦地飄下來，真的讓人大開眼界。」

原本一臉忿忿不平的听暐，臉色沉了下來。她驚訝於自己母親遭遇如此重大車禍，竟然還能活下來，而救了快斷氣的媽媽和腹中自己的人，是鬼怪，也就是那位叔叔。

「不說不知道，妳和妳媽那天本來注定該死的，過沒一會兒，陰間使者就找了過來，當然撲空。」

「他救了自己的新娘耶！」

處女鬼激動得直喊好浪漫！這宿命果然浪漫，但听暐一點也不高興，反而感到悲哀。

「叔叔說的沒錯，我從一開始就沒資格埋怨。要不是鬼怪，我早就沒機會出生到這個世上……也就沒有和我媽一起生活到九歲的回憶。」

自己的這條命，真的是撿來的。感激都來不及了，自己還發脾氣。滿懷歉意的同時，卻又突然火冒三丈。這種事情應該一開始就說出來，那听晫就不會對他發脾氣，也不會誤會他，反而會笑著對他說「感謝你！」，告訴他日子雖然過得很苦，但幸好有他，自己才能見到媽媽。

憂鬱的證據

在炸雞店解決食宿一事，終於被老闆Sunny發現，還告訴听晫，姨媽來過店裡，尋找離家出走的她。听晫想像得出，姨媽如何騷擾店裡的模樣，無奈也只能一再向Sunny道歉。老闆人這麼好，大大方方就給了她一把傘，她真的很感激，但自己卻只會給老闆添麻煩。听晫做好自己會被解雇的準備，沒想到老闆人如其貌，酷酷地根本不當一回事，彷彿十分理解听晫的處境，沒等听晫開口，就主動將月薪改為週薪，讓听晫感動得發誓，將來一定要好好報答老闆的恩情。

放學後，听晫才剛走出校門，手機就傳來訊息通知的聲響，京美傳簡訊要借三萬元（約台幣九百元）。真是一點也不懂事，她媽媽跟地下錢莊借錢的緣故，不時會有人上門討債，但也不能隨隨便便就開口借錢吧，听晫決定不理睬，把手機又塞進口袋裡。轉眼一輛廂型車停在听晫面前，車門打開，兩個一臉橫肉的男人下了車。和那兩人視線一對上，昕晫就覺得不妙，正想轉移視線走開的時候，其中一個壯碩的男人就用力拉扯昕晫的手臂。

「你們是誰？」

「同學，怎麼可以隨便離家出走，很危險的，妳姨媽會擔心。上車，快點！」

「不要，救人啊！救救我……！」

壯漢用手摀住昕晫的嘴，不讓她大聲喊叫，一把將她拖到開啟的車門旁。昕晫拚命想掙脫，無奈力不從心，束手無策地被兩個男人塞進了車子裡。壯漢一抓到昕晫，另個瘦子就趕緊坐進駕駛座。昕晫被摀住嘴巴，害怕得只能不停地發抖，嚇到連眼淚都流不出來。

穿著俗豔花襯衫的男人，一看就知道是地下錢莊業者，明顯是姨媽這個開口閉口要昕晫交出保險金的人出賣了昕晫。要她交出保險金那就算了，但現在姨媽怎能這樣做，就算一直不把她當一家人，這麼做也太過分了。即使是沒有血緣關係的人，也不應該這麼做。這真不是人幹得出來的事情，折磨她，她可以忍，但沒想到會像這樣，連生命都受到威脅。

廂型車開得飛快，疾駛了好一陣子之後，車子就開上了產業道路，幾乎看不到一輛經過的車，晝短夜長，周圍早就一片昏暗。昕晫雖然怕得發抖，卻還是盡量保持神智清醒。為了逃出去，她也拚命掙扎過，但心裡也明白這樣一點用都沒有，所以仍在伺機而動。然而，再怎麼等待機會，雙手被縛，她什麼也做不了。腦子裡一陣黑一陣白的，不知道重複了多少次。

壯漢開始翻找听晫的書包，打開拉鍊把書包倒過來用力抖，只有書和文具嘩嘩地掉出來。又把手伸進听晫書包的暗袋裡，想找到存摺，一看什麼都沒有，壯漢皺著眉頭大罵。坐在駕駛座上開車的男人，看著後視鏡一臉鬱悶，大聲地要壯漢再仔細找找看。那女人明明說東西在這孩子身上，光天化日之下他們把人綁架，卻什麼也沒找到。為了消消一肚子的火，男人拿出香菸，用另一隻沒握方向盤的手點著打火機。

看到打火機的火花，听晫的精神為之一振。就在她傾身向前，打算吹熄打火機的瞬間，不料卻被旁邊的壯漢給先拉住，還以為這人忙著翻書包，沒空理她。

「別動！」

壯漢一聲大喊，隨即毆打听晫的頭部。

「幹，嚇了我一跳！」

被突如其來的騷動驚嚇到的男人，把打火機弄掉。比起後腦被重擊的疼痛，掉到車底的打火機更讓听晫眼淚奪眶而出。

（叔叔……）

看來這條撿來的命，真的要終結在這裡了吧。幸好自己還能想到有個人可以救自己。如果是在遇見鬼怪之前，大概也沒人可想吧。一滴不甘心的眼淚落下，昕暐低下頭，即使如此，她還是想活下來。

「同學，我們性子很急的！一個女學生到這荒郊野外會碰上什麼事情，妳也知道吧？給我說，存摺到底藏在哪裡？」

壯漢抓著昕暐的領子猛搖晃，昕暐被驚嚇到失去理性，乾脆大吼大叫。

「我真的不知道，明明是姨媽欠的債，為什麼要對我這樣。放開我！不放開我的話，我要報警了！」

「報警，小賤人，要報警的人應該是我！幹！」

握緊拳頭的壯漢正打算對著昕暐的臉打下去，「吱」一聲尖銳的煞車聲傳入耳中，車子猛然煞住，瞬間壯漢和昕暐差點從座椅上掉下來。壯漢怒吼一聲：「不會好好開車嗎！」就看到駕駛座上的瘦子抖得像篩糠一樣。

「幹什麼？」

「那裡……！」

四周比稍早前更加昏暗，濃霧籠罩在整條道路上，幾乎看不清眼前的景象。只有路燈昏黃的燈光下方，還勉強看得清楚。遠處的路燈，彷彿被雷劈到似地，發出「啪」

的一聲巨響爆裂。車上的這幾個人全都愣視著前方，嚇得全身簌簌發抖。一瞬間，整排的路燈就從遠到近連續發出「啪」「啪」「啪」的爆裂聲，直到距離最近的一盞路燈也熄滅為止。伸手不見五指的黑暗，只有車前大燈模糊地照亮前方。遠遠有兩個修長的人影，緩緩走了過來。

漆黑模糊的身影慢慢變得清晰起來，「他們是什麼人？」兩個大男人像個瘋子似的大呼小叫，听晫卻雙眼大睜。她好像看到熟悉的面孔，兩個人影正邁著大步走過來。

鬼怪和陰間使者。

「搞什麼鬼啊，那些傢伙！神經病啊？」

對準擋在路中央走來的兩個人，壯漢咒罵不已。但一轉眼，兩人就從自己的面前消失，除了黑暗之外，什麼都沒有。剛才明明看到了，難道是錯覺？車裡的男人難掩驚慌，感覺有什麼不祥的事情要發生。

「喂，還愣著幹嘛，快走啊！快點，快踩啊！」

在後座壯漢的催促下，駕駛座上的瘦子好不容易才回過神來，猛踩油門，開始加速。這時，從車體發出「喀嚓」，不知是什麼東西破裂的沉悶聲音。

出現在車子前方的鬼怪，手裡舉著一把劍，一把不為人所見的無形劍。鬼怪舉劍用力向前一揮，對著車體迎面劈了下去。下手後，車體發出砰的一聲，乾淨俐落地被劈成左右兩半。冰冷的空氣隨即一擁而入，男人們哇哇大喊的哀號逐漸遠去，听晫大氣都不敢喘一下，把副駕駛座椅當成唯一的救援似的，緊抓不放。隨著刺耳的匡噹一聲，地下錢莊的人所在的另半邊車體，滾落到道路下方。

勉強抬起頭來，就看到阿使站在車旁，輕輕扶著車體，听晫愣愣地望著阿使。把車子劈成兩半的鬼怪走過來，站到听晫身邊。

「下車啊！」

听晫呆呆地點點頭，看來比想像中受到更多驚嚇。鬼怪微微皺起眉頭，似乎不太滿意眼前的情況。

「妳的東西帶好。」

听晫撿起掉落在座椅下的手機、書本，塞到書包裡，但這也只是出於反射動作罷了。等到听晫收拾好書包，鬼怪伸出手，這是一張大手，听晫握住那隻手，從車裡艱難地下來，別提有多緊張，雙腿一軟，膝蓋就彎下。眼見就要跪下去了，鬼怪一把將听晫抱在懷裡撐住。

「受傷了嗎？哪裡？」

等到听晫平安無事地從車上下來，稍微拉開點距離之後，阿使放開手扶著的車體。

「砰！」半邊車體重重地栽倒在地上。听晫被這動靜嚇了一跳，身體使勁地往鬼怪的懷裡鑽，鬼怪將听晫緊緊擁在自己寬大的懷抱裡。听晫想說些什麼，卻又說不出來，鬱悶之餘，只好用小拳頭捶著鬼怪胸口。

「怎麼了？」

「……受傷了嗎……哪有這麼問的？把車子都那樣劈成兩半了才問？」

而且還是跟陰間使者一起過來，自己還想活命，把陰間使者帶來做什麼？

「不是，那個……其實我問的是，在我那麼做之前，那些人有沒有傷害妳。」

鬼怪一臉尷尬地看著听晫的臉色，失了魂的听晫正慢慢地回過神來，蒼白的臉孔也逐漸有了血色。鬼怪讓听晫先站遠一點，然後朝著地下錢莊業者被困住的道路下方走去，壞人就該吃點苦頭才行。

●

這種事情別人一輩子大概也碰不上一次，又是被綁架，又是在切成兩半的車子裡被救出來，彷彿自己的人生就如同披著一件由無數死亡關頭所拼湊成的百衲衣一樣。就連坐在辣炒年糕前面的鬼怪，也不是平凡的存在。听晫拿著大湯匙來回攪拌辣炒年糕煮滾了的湯汁，又倒了一杯水喝。喝完水，才覺得心情平靜許多。

「怎麼還沒離開？不是說要離開嗎？」

看著賭氣般連泡麵都丟進辣炒年糕裡煮的听晫，鬼怪回答這兩天就要離開。看她明明嚇得半死，卻一下子又如往常般吱吱喳喳說個不停。

感覺到鬼怪望著自己的視線，听晫默默地放下杯子。打火機掉下去的時候，以為自己真的完蛋了，卻又抱著一絲希望，腦子裡只有一個想法，如果鬼怪能來就好了。當听晫問他明明沒有吹熄打火機，他怎麼會來？鬼怪笑了起來。

「看來妳喜歡東想西想。」

「你也有可能不來啊！」

「我沒有理由不來。」

掃帚，這叔叔一定是掃帚。

听晫想討厭這個說自己沒用處的鬼怪，但自己卻真的沒理由討厭他，反而應該感謝他，甚至有點對不起他，他看著自己的眼光裡，充滿孤單。

「對不起喔，百忙之中還要你來救我這個不是新娘的人。」

看來真的很不高興的樣子，找不到讓听晫消氣的方法，鬼怪皺了皺眉頭。

「你說我這條命是撿來的，這話沒錯。聽說十九年前你救了我和我媽，所以以後我不打算再討厭叔叔了。」

「……看起來還是討厭的樣子，而且很嚴重。」

看著斜睨他一眼的听晫，鬼怪這麼一說，听晫連忙否認。關掉煮著辣炒年糕的爐火，听晫嘴裡喃喃自語著汁都煮乾了，乾麵最好吃。真的要說的話，自己不是因為今天的事情生氣……對！是遺憾。雖然不是非要當鬼怪新娘不可，但他卻連討論一下都沒有，也不講清楚，就說自己不是。

「沒有！以後我不會召喚你，也不會想你，什麼都不做，你可以安心離開。祝你一路平安，也希望你能遇上好女人，一個能讓你發現真實自我的漂亮女人。」

懷著滿心遺憾，把想說的話一吐為快之後，听晫從位子上站了起來。看著面前一再救了自己、而且還救了兩次的人，別說討厭，只有滿心的感激，但他是個馬上就要離開的人，自己怎麼還有心情吃辣炒年糕。听晫甚至還說了一句：「都煮好了，你可以吃個痛快！」告辭之後正想走出去，鬼怪拉住她。

「我沒錢！」

「錢我出，妳出時間，吃完再走。」

「你現在是打算請我吃晚飯嗎？」

對啊！讓她吃了飯再走，自己又不是要綁架她，只是擔心听晫餓肚子而已。對！就是擔心。鬼怪乖乖地承認。听晫雖然稍微有點吃驚，但還是搖了搖頭。

「不要，我不要和叔叔一起吃。不過你堅持的，那我打包回去。」

「看來妳真的討厭我！」

太直率了，什麼都寫在臉上，真可愛。鬼怪笑了起來，尷尬的听晫，最終還是坐了下來，開始吃起辣炒年糕。

鬼怪正透過德華，打聽眼前這個處境令人同情的女高中生——听晫的生活。即使是擦肩而過的人，也能看出對方短期的未來或吉凶禍福的鬼怪，但若想知道詳細內情，還是有困難的。根據德華打聽到的听晫生平，已經能拼湊出大致輪廓。听晫的母親留下的保險金有一億五千萬韓元（約台幣四百五十萬元）。听晫的姨媽藉口听晫未成年，以听晫的監護人自居，恣意折磨她，鬧得附近的人都知道，所以听晫比想像中過得更艱苦。

那兩個地下錢莊業者會一輩子看對方不順眼，沒事就互咬，互相欺負。姨媽一家人會被當成是一群偷金塊的騙子，爛在監獄裡。被錢財蒙蔽雙眼、虐待親外甥女的人，這種下場最合適。他會這麼做的！

休息時間，听晫趴在桌子上看著窗外，枯黃的銀杏葉四下飄落。每次看到楓葉就想起加拿大，還有那張聽到她亂七八糟的求愛告白便驚惶失措的臉，以及在身旁代替她回答的溫柔聲音、站在墓碑前的背影。

「不管啦，你愛走不走！」

放學後，走在往店裡去的路上，听晫突然覺得很陌生。街道上處處都是鬼怪的影子，鬼怪輕食店、鬼怪書店、鬼怪話劇海報、夜半鬼怪旅遊（夜遊）廣告單，全讓听晫想起了叔叔。听晫敲敲自己的腦袋，已經很節制地不去想，但鬼怪那雙修長的腿，卻總是大搖大擺地走進听晫的腦子裡。

最後，听晫走向附近的小書店，打算拿回自己故意丟掉的楓葉。當初原本想送給鬼怪，還特意壓了膜，結果沒給成。第二天就把這片楓葉夾在書店兒童區的鬼怪童話書裡，決定不要了。這都過了好幾天，不知道書賣掉了沒，听晫心裡七上八下的。幸好書還在，只不過一個自稱是財閥富三代的年輕男子——德華，正要把書買下來。不管听晫再怎麼強調這是自己的東西，德華也不相信。听晫好不容易才說服德華，有驚無險地拿回已壓膜的楓葉。

楓葉雖然回到自己的口袋裡，但听晫仍舊感到心神不寧。到底什麼時候走？說這兩天，難道是明天？不會今天已經走了吧？在炸雞店廚房裡用瓦斯爐烤魷魚的听晫，想到鬼怪一劍就把車劈成兩半，面無表情的臉孔看起來很兇狠。相較之下，他對自己板起的臉，就一點也不可怕。如果自己再吹熄蠟燭的話，他還會不會出現呢？不管他去了哪裡……

東想西想，出神地想個不停，連魷魚被烤得著火了都不知道。一下子燙到手指頭，听晫嚇得大叫，趕緊呼呼呼地對著著火的魷魚猛吹氣，深怕把店給燒了。吹到一半才突然想起來，這下糟了！

鬼怪出現在店裡，手上拿著書，狀似沉思地撐著下巴站在那裡的模樣，簡直帥呆了，就像一幅廣告似的。听晫嘆了口氣。

「看來你正在看書的樣子。」

「我這個人書不離手，對於音樂和畫作也有很深的造詣。」

「真對不起啊，妨礙你看書。」

「那妳為什麼要妨礙，明明說不召喚我了。」

鬼怪掩上書頁，問了一句。一時失手，完全就是一時失手！魷魚烤到一半，就變成這副模樣。「那你怎麼沒走，現在還在這裡？」听晫的話，聽在鬼怪耳裡有點諷刺的味道。

其實他正在收拾行李準備要離開，卻突然想起听晫。碰上陰間使者那天，听晫拿手遮在自己眼睛前，竭力想保護自己。這不是因為自己救過听晫，所以她也想救自己，而是兩人之間的感情，已經到了彼此願意去拯救對方的地步。就在這時，一陣煙升起，身體又消失了。听晫召喚自己，鬼怪忍不住勾起唇角。

「那我告辭了！還得回去收拾行李！」

「哎！」

「妳怎麼每次都在人家要走的時候才要說話？」

「每次都是我要說什麼的時候，叔叔就說要走好不好？我有話想問你。」

「我不給妳五百（萬）。」

听晫被這句斬釘截鐵的話給嚇得一臉驚愕。

「差點聽成『告白』啦，都怪叔叔亂猜亂回答，害我嚇到！」

自己聽錯了，還怪別人，真是莫名其妙。

「我又從哪裡開始錯了？」

「從那裡啦，我得看到什麼的那裡開始。」

听晫真的想搞清楚，搞清楚到底是怎麼回事，就算自己不是鬼怪的理想對象，所以沒能成為他的新娘；就算年長的叔叔不喜歡年幼的自己，但听晫只想少點委屈，少點遺憾。

「所以呢，到底要我看到什麼，才算對叔叔有用處？」

「告訴妳，然後妳騙我說妳看得到？」

「不，我就算看到了也打算說沒看到。」

一連串出乎意料的提問和回答，讓鬼怪感到驚慌。听晫原本是想少點遺憾才問出口的，但卻越問越心酸。

「萬一我說看到了，叔叔就突然開始對我好怎麼辦？一出手就給我五百（萬），還請我吃肉，問我想要什麼東西，那我更累。我其實對叔叔一點也不在乎！」

一語刺中要害，鬼怪最討厭被什麼「刺中」，而听晫現在就碰觸到他的痛處。「一點也不在乎」這話，讓他突然婆婆媽媽起來。

「妳沒看到什麼特別的東西嗎？看起來很痛的那種？」

鬼怪的話，讓听晫腦中閃過一件東西，真的是很短的一瞬間。

「看得到嗎？」

面對鬼怪的接連追問，听晫故意顯出興趣缺缺的模樣。

「我還以為是什麼東西，再見，我很忙，告辭！」

難道看得到？鬼怪睜大眼睛，拉住听晫。

「要吃肉嗎？想要什麼東西？」

「五百（萬），不行的話，請我吃肉。」

大白天的烤肉店裡，結果是鬼怪一刻不停地烤著牛肉，滋滋作響的烤盤上，已經不知道烤的是第幾盤肉了。听晫的情緒，率直得讓人一眼就看能穿，但對於這個問題，鬼怪還是一點把握都沒有，只好察言觀色，小心翼翼地又問了一次：「真的看得到嗎？」

听晫沒有給他一個明確的答案，感覺好像看得到，又好像看不到，那把插在自己胸口上的巨劍。

鬼怪心急如焚，他搞不清楚自己焦急的，究竟是希望听晫就是自己長久以來尋找的鬼怪新娘，還是希望听晫如他所判斷的，不是鬼怪新娘。

痛快地吃了一堆肉，填飽肚子之後，听晫又到咖啡館，點了一杯現榨鮮果汁。在咖啡館裡，鬼怪又暫時成了守護神，促成一對彼此連對方姓名都不知道的男女。這是一對前世做了很多善事的人，因為有著很深的緣分，所以鬼怪樂意為他們創造魔法般的時刻，這也是他時不時的善舉。

「還真的是守護神呢！」

听晫托腮看著秋陽裡的鬼怪，覺得他今天特別好看。看著他的模樣，听晫也對自己的前世產生好奇。

「叔叔，我這一生過得這副模樣，是因為前世造了什麼孽嗎？生為鬼怪新娘來到世上，就是懲罰嗎？」

鬼怪低頭看著站在陽光裡的听晫，眼神恍惚。這問題問得開朗，也問得突兀。

「妳的前世怎樣，我不知道，但要說到今生，妳才十九歲，似乎還言之過早，而且妳也不是鬼怪新娘。」

「哈，騙不了你！我的人生雖然多災多難，但我呢，還是蠻喜歡的。我從媽媽那裡得到滿滿的愛，也有了雨傘，認識叔叔也很開心，不，是曾經很開心。」

「……」

「過去式！」

听晫又多強調一句，反而讓鬼怪笑了出來。十九歲的听晫，實在太搞笑了，也很堅強。

「還真會記仇！看不看得到，妳還沒回答。到底看得到，還是看不到？」

「我媽說過，人要有自知之明，該走的時候就要走。我這話什麼意思，你知道吧？」

「不知道。」

「意思就是說，我們到此為止，我走這邊，慢走不送！」

他們站在岔路上，昕暐朝右邊的路走，告訴自己不要回頭，反正回頭，他也會在瞬間消失，傷心的還是自己。為什麼會傷心，因為喜歡他。雖然短暫，但有人陪在身邊，有人可以召喚，有人會來救她。再不是孤獨一人的那些時刻，有叔叔相伴的那些時刻，讓她越來越喜歡他。然而他馬上就要離開，說不定當她回過頭去的時候，他已經遠走他鄉。

即使一再下定決心，昕暐還是忍不住回過頭去。十九歲的昕暐，依然懷有期待，對幸福的期待，但原以為必然空無一人的位置上，鬼怪還站在那裡。兩人視線交纏，彷彿尚有未竟之語，又似有口難言，就這麼佇立多時，最後還是什麼都沒說。

●

鬼怪亦步亦趨跟在做好外出準備的阿使身後，被鬼怪跟到煩的阿使，忍不住發脾氣。連他只是去洗衣店一趟，再去大賣場買個菜而已，鬼怪也跟了過來。鬼怪認為，阿使會伺機把昕暐帶走；沒錯，漏網者是該被帶走，但要準備好十九年的文件，也不是件容易的事。本來嫌麻煩而拖延下來，但鬼怪這麼一跟，反而讓阿使煩到想趕快帶走听晫算了。阿使最後只好推著大賣場的推車說：

「我不會帶走她啦，我現在很支持她！」

「你為什麼支持她？」

「我和她真的是一夥的，不是說新娘把劍拔出來的話，你就會死掉嗎？比起到國外去，永遠離開不是更好嗎？她就算現在看不到劍，但總有一天能看到吧，我相信奇蹟會出現，我賭有那麼一天到來。」

鬼怪被阿使牢騷般的話氣到，但他忍住沒發脾氣。阿使把推車裡的食材依序放到結帳台上。

若說鬼怪因為忘不了前世今生而痛苦的話，阿使剛好相反，是因為忘了前世今生而痛苦。這群前世犯下無可饒恕的大罪者，死了以後無法升天，也下不了地獄，就只能成為陰間使者。成了陰間使者之後，做著牽引亡者的工作，以此贖罪。兩種痛苦截然不同，卻有相似的一角，都是凡人們所無法承受的痛苦。

或許那其中存在神的旨意，但不知出於何種原因，兩人就同居在一個屋簷下。鬼怪和凡事謹小慎微、甚至看起來有些憨厚的阿使之間，終日吵吵鬧鬧，鬥嘴鬥個不停。即使如此，久而久之兩人之間也累積了不少情分。鬼怪的表情有別於過去，顯得十分認真。

「好，你給我一個承諾！」

「突然間要我給你什麼承諾？」

「答應我在我走了以後……不動那孩子。」

阿使本就突出的眼珠子，這下都快掉下來了。之前一直聽鬼怪說要離開，阿使為了把鬼怪的家占為己有，也每天催著他快走。但乍聽到這話，也頗感意外。

「只要你膽敢做出任何想把她從家裡帶走的行動，無論何時何地，我都會馬上趕回那個家。所以，你最好放手別管她。」

不是他的新娘還特意這麼交代，是因為鬼怪救過她的命，對她有一份責任感的緣故吧？阿使瞇起眼睛。

「什麼時候走？」

「後天，你高興了吧？」

阿使沒有回答，只是默默地把結過帳的東西放進塑膠袋裡。果真日久生情了吧，兩人臉龐都蒙上一層陰影。

結完帳從賣場出來，鬼怪推開賣場的門，一步踏出去，卻踏進別人家的小庭院，竟然是听晫的家。鬼怪手上還提著賣場袋子，回過頭去，卻看不到阿使的蹤影。能跟著走進鬼怪門的人，一個都沒有。不，是曾經一個都沒有，因為听晫就很順利地跟著進來過。門總會引導他，到他想去的地方。

他有點驚惶失措地站在那裡，大門被小心翼翼地打開，一顆腦袋伸出。撞上鬼怪的視線，听晫嚇了一大跳，心臟都差點掉出來。還以為兩人不可能再見面，听晫趕緊把他拉出大門外。

「怎麼跑到我家來，被姨媽知道的話，我就死定了。沒被發現吧？姨媽一家在睡覺嗎？」

「不知道！」

「啊，嚇死人了！來我家有何貴幹？是來看我的嗎？」

「我可能一時想到妳吧。」

鬼怪沉重地垂下目光，就聽到听晫乾咳幾聲，平息劇烈跳動的心臟。

「為什麼呢？我又不是你的新娘，也不漂亮，還一天到晚要你來救命，給你添了很多麻煩，你為什麼還要來看我？」

聽著這段時間裡重新打起精神來的听晫這番追問，鬼怪忍不住勾起唇角。看來警告阿使，不准帶妳走，這事真的做對了。希望妳能活得久一點，一直都這麼清新有活力地長大。

「大概就是想看看妳才來的吧！既然看到了，那我走了。妳姨媽一家人都不見了，家裡沒人，進去吧！」

听暐被鬼怪坦白的一句話嚇到，又聽到姨媽一家人都不見了，更是大吃一驚。該不會是鬼怪為了實現自己的願望，把姨媽一家人殺了吧？听暐心中甚至生出如此的懷疑。

「妳希望的話，我也可以做到。」

「不，開玩笑的！」

「我也是開玩笑的！那我走了！」

看似認真，原來不是，听暐瞇起眼睛。她沒去店裡跑回家來，是為了把那束蕎麥花帶走。離家出走的人，卻總是掛心放在書桌上忘了帶出來的蕎麥花。說不定現在都已經乾得碎掉了。不過，能在他離開前，再見到他一面，這就足夠了。獨自站在巷子裡的听暐，心中如此想著。

一個比登機箱還小的皮箱裡，鬼怪正在收拾一三十年來的行李。幾件衣服、護照、書、陳舊的信件、一本十分老舊的筆記本。筆記本是他的日記，寫著許多祈禱，祈禱死亡的到來，因此也可說是他的遺囑。收拾好行李，鬼怪凝視著一個木盒，小心翼翼地打開，裡面放著一捲保存良好的卷軸。鬼怪屏息打開，深恐一個不小心弄壞。卷軸上畫著一個女人，是鼓勵他走到王面前的年幼妹妹的肖像畫，也是王最後留下來的絕筆畫，如此美麗、動人。

鬼怪眼眶濕潤，充滿悲傷，連周圍的空氣也變得潮濕起來。行李收拾完畢，鬼怪走到客廳，從冰箱拿出一罐啤酒。德華只要給他一張信用卡就足夠了，自己珍藏的這張肖像畫，鬼怪打算交給劉會長，他會比任何人都更珍惜。這個家就按照租賃合約，留給陰間使者。下次回來時，這地方又會有什麼樣的改變呢？

清涼微苦的啤酒流過喉嚨，喝了兩罐之後，他突然想去某處。鬼怪從椅子上起身，打開玄關門走了出去。張開眼睛……不是這裡。又轉身回家，再打開門走出去，又不是。

不斷進進出出好幾次之後，鬼怪變得心煩意亂。一旁看著他這模樣的陰間使者也跟著暴躁起來，皺起眉頭問他，到底在幹什麼？鬼怪沒有回答，只是默默地重複著從門裡消失，又從門裡進來的動作。這麼短暫的一瞬，來來去去地也不知他究竟去了哪些地方。

「你幹嘛？才喝兩罐啤酒就變成這副德性？」

鬼怪雙眼迷濛，酒量大概也好不到哪。

「我不知道她在哪裡。」

「誰？」

「她不召喚我。不召喚，我就找不到她。我這個即使不是全知全能，至少也無所不能的鬼怪，竟然連她一個女孩也找不到。我所擁有的一切力量，全都派不上用場。」

「事實也是如此，只適合吃喝玩樂而已！那你以前是怎麼找到的？」

每次這麼做都找得到啊！

鬼怪又轉動了一次門把，走了出去。門外一片大亮，又接著暗了下來。門又再一次開啟，垂頭喪氣的鬼怪走進來。一直看著鬼怪行動的阿使，搖了搖頭。外頭又開始下起雨，一滴、兩滴，鬼怪拿起放在鞋櫃旁的黑色長傘，那裡要是也沒有的話，看來離開前無法再見她一面了。

然後，他找到了！

就在海邊，防波堤上今天也波濤洶湧，海浪不斷來回拍擊岸邊。鬼怪愣愣地望著自己救過的小小少女，一向如此孤獨的少女。

昕暐蹲坐在地上，對著海天相連的地平線抱怨著，姨媽一家搬走的時候，連包租押金也全帶走，人就不見了。在聯絡中斷的情況下，完全無法得知他們的去處。就算問了房東太太，得到的不是回答，而是要她趕緊把自己的行李清乾淨，她只好勉強收拾沒幾件的衣服，和逐漸乾掉的蕎麥花，這下真的成了無家可歸的孩子。還想著明天會更好，結果反而每下愈況。或許以後還會變得更糟，她還以為已經過了最糟的情況呢。

隨便把行李放在地鐵寄物箱裡就去上學，在學校的時候，班導又刁難昕暐，因為書包裡嘩啦掉落下來的火柴、打火機，就被誣陷自己抽菸。但昕暐無法向班導解釋這全是誤會，不是那麼回事，因此導師就此認定昕暐抽菸。昕暐很想說，現在問題不在這裡，而是自己已經連名義上的家都沒有了，也失去監護人，過得很艱苦。然而一整天，她連開口的機會都沒有。

她的心情要對著大海說，還是對著天空說？昕暐想了想之後，望著天空，或許美麗善良的媽媽已經去了天國。

「媽……過得好嗎？去了天國嗎？天國如何？比這裡好嗎？媽，我……」

昕暐的臉埋在媽媽曾交代過不管到哪裡一定要圍在脖子上的紅圍巾裡，說不出話來，只能重複著同一句話。

「媽，我——」

鼻子酸酸的。

「媽，我過得不好！」

側耳傾聽，只有一片靜寂，听晫吞了口氣。

「沒有人對我噓寒問暖。」

眼淚滴落在嬌嫩的臉頰上，天空也開始落下雨點。雨點啪地落在頭頂上，落在腳尖上，眼淚和雨，似乎都象徵著自己隱忍的生活。下雨了，她更想哭。

「怎麼又下雨？煩死了，下雨的人生。」

聚攏膝蓋，听晫把頭埋在膝蓋裡，雨點直直地打在她的背上，卻忽然變得無聲無息。在听晫的人生裡，雨沒道理這麼快就停。奇怪的感覺讓听晫抬起頭來，撐著一把雨傘佇立的鬼怪，正靜靜地望著她。

「因為我憂鬱才下雨的。」

聽到鬼怪低沉的嗓音，听晫緩緩眨了眨眼。晶亮無瑕的黑眸，望著鬼怪。

「雨，很快就停了。」

「叔叔一憂鬱，就會下雨嗎？」

听晫還以為鬼怪故意講笑話，才這麼反問，結果鬼怪很認真地回答「是的」。听晫笑了起來，不該又哭又笑的，這犯規！當她就像站在峭壁上，正岌岌可危之際，為她撐起一把傘的，不是好人，是壞人。因為他就要離開，因為他說自己沒有用處，就算他不是人類，是鬼怪。

「那颱風來的話，你是有多憂鬱啊？」

「那不是我的緣故，是地球在憂鬱。過得好嗎？」

才剛說自己過得不好，沒人噓寒問暖，結果他就這麼對自己噓寒問暖了。之前還滴答滴答打在傘面上的雨，慢慢沒了聲響，雨真的停了。訝異的眼神望過去，鬼怪臉上浮起淡淡的笑容。

「我的心情剛才變好了。」

真的嗎？有種來到奇妙神祕鬼怪王國的感覺。听晫連忙用手背擦去臉上的淚痕。

「我沒有召喚叔叔……。」

看來真的是因為他憂鬱才下雨的吧！原來叔叔心情也不好。

「妳是沒有，我也很忙，忙東忙西的，事情很多，一直是。」

「這下糟了！」

「怎麼了？」

「以後每次下雨，我就會想叔叔是不是又在憂鬱！我自己都無依無靠，還要擔心叔叔。」

听晫揚起嘴角，臉上掛著哭笑不得的表情。那表情如此燦爛，光芒映射到鬼怪的心上。鬼怪垂下視線，這個自己救下的孩子，確實好好長大了，只不過希望她能少點悲傷。看她穿的外套這麼單薄，鬼怪又忍不住擔心。

「不冷嗎？在這裡做什麼？」

「因為我很不幸！現在就跟感冒沒兩樣。我的不幸啊，在忘得差不多的時候又找上門來。時候到了，就得患上一次。啊，我不是為了刺你痛處才這麼說的喔！」

「……妳不會是知道什麼才這麼說的吧？」

「看來你真的有哪裡被刺痛了吧！」

「不要說這個字，我最討厭『刺』[1]這個字。」

看著為一個不怎樣的詞彙就翻臉的鬼怪，听晫嘻嘻地笑了起來。和他說話，總是愉快，遠非自己獨自哭泣所能比較。撐著雨傘的鬼怪，讓听晫多說點話，剛才對著天

---

1 韓文「찔리다」這個詞有內疚之意，金編用這個詞，應該是要強調鬼怪胸口上被「刺」著一把劍，所以按照原意翻譯。

空說過的話，听晫現在說給他聽。

「你知道嗎？聽說人會有四次人生，播種的人生、為播下的種子澆水的人生、為澆了水的種子收穫的人生、享用收穫的人生。」

「妳怎麼知道，這是只有陰間使者才會對亡者們說的話。」

「我都已經當了十九年鬼怪新娘好嗎？當然是聽女鬼們說的，所以我才覺得冤枉，我這該死的人生一直是第一章第一節、第一章第二節，翻不到第二章去。」

彷彿真的很委屈的樣子，听晫連眉毛都垂下，愣愣地望著鬼怪。都說要聽她訴苦，但聽了之後，鬼怪卻又不知道能為她做點什麼。還不如實現她的願望，說不定還更簡單一點。大概看出鬼怪的難處，听晫先開口說話。

「能做的事很多啊！像拍拍肩膀，摸摸頭，或是丟個五百（萬）出來。」

安慰的方法，還有她需要什麼，都說得很清楚。然而即使听晫已經親切地說明了，卻沒有得到任何反饋。嘖，听晫撇撇嘴，從書包裡摸出一樣東西來。她突然想起壓好膜的楓葉，這次似乎真的可以送出去。

「禮物！漂亮吧！」

「……漂亮。」

拿在手裡的薄薄楓葉，盛滿了加拿大的回憶，那是對听晫來說，終身難忘的珍貴回憶。紅楓多美，楓葉裡滿載的回憶、心意也多麼地美好，鬼怪不知不覺感到惆悵。抬起手，輕輕撫摸听晫的頭，掠過頭髮的熱氣暖暖的。

「你，在做什麼？」

「摸摸頭……讓妳多保重，我明天就走了。」

所以說，他這人就只會遠走他鄉，儘管有時也會找上門來。听晫勉強穩住自己的心，至少她有了一次美好的回憶，有了一個溫暖的安慰，這就夠了。到底什麼夠了，听晫自己也不知道，只是安慰自己這樣就夠了。傘面上又開始淅瀝瀝地下起雨。雨聲雜亂的節拍交織出的聲響，彷彿心臟跳動的聲音。

豪雨特報

行前的最後一夜，時間正流淌而過。坐在客廳裡的鬼怪和阿使，表情都很陰鬱。兩人雖然總是吵架鬥嘴，但阿使還是很捨不得鬼怪離開。儘管高興這房子可以自己獨享，只是實際上卻不如想像中那麼開心。因為這兩個近似神的存在之間，友情已經萌芽。

彷彿要打破這沉悶的靜寂，輕快的門鈴聲響起。愣愣望著半空中發呆的這兩人，被鈴聲嚇了一跳，面面相覷。門鈴聲？會來這個家的，都是沒必要按門鈴、直接進進出出的人。只有能任意穿牆而過的存在，和服侍他的人類會到這裡，六十年來一直如此！一想通這點，兩人從沙發上一躍而起。

門往裡半開著，六十年來第一次按響門鈴的人，是听晫。聽不見任何聲響，听晫便往門裡踏進一步，伸長腦袋想看看是不是沒人在，結果一片陰影就籠罩在她頭上。

還以為是鬼怪，沒想到看見的竟是陰間使者的臉孔，听暭嚇了一跳，飛快地退了出來。
「這裡……不是鬼怪的家嗎？」
「這裡是我家，妳是來找我的嗎？自己送上門來？」
「不，不是，我搞錯了……」
一直向後退的听暭，砰的一聲，背部撞上什麼。回頭一看，鬼怪就站在那裡。他突如其來的現身，總是讓人又驚又喜，尤其是在陰間使者面前。
這孩子，不僅能跟著自己，走進自己打開的門，現在竟然還按了他家的門鈴。連他在不在家都不清楚，就毫不畏懼地找上這個連陰間使者也在的地方。鬼怪揮揮手，示意要阿使進去屋裡。他也想過，這次離開，當他再度回到韓國的時候，或許听暭這一生早就結束了。人類的壽命，就是如此短暫。因此他才會認為，上次見面就是最後一次相逢，沒想到現在听暭又站在自己眼前。
「妳到底是什麼，怎麼會找到這裡來？」
「我問女鬼們的，問說鬼怪家在哪裡。可是為什麼陰間使者也住在這裡？你們兩人同居嗎？」
「到今天為止。不過妳來幹嘛？」
說她不是鬼怪新娘，但她竟然能找到家裡來，難道听暭真的是新娘嗎？阿使賭氣地丟了一句「夫妻吵架，好好解決問題」，就咻地穿牆而過，回到屋裡。

「……我有話沒說，你不是問我有沒有看到什麼嗎？我如果看到什麼，會變成怎樣？」

「妳問這個幹嘛，反正妳又看不到。」

「誰說我看不到？」

「所以呢？」

「一，看得到的話，我就得馬上結婚嗎？二，看得到的話，你會給我五百（萬）嗎？三，看得到的話，你就不會離開嗎？」

听暭說什麼，鬼怪聽得似懂非懂，只有最後一個質問地不停在耳邊回響——你就不會離開嗎？

「別走，就留在這裡，留在韓國，不行嗎？」

「妳真的看得到？」

不可能看得到，之前明明說看不到，現在又跑來不顧一切地說看得到，鬼怪不可能把听暭說的每一句話照單全收。然而即使在鬼怪說出「證明給我看！」的要求之後，听暭依然搖了搖頭，她要先聽到那三個問題的答案之後才說。

「妳啊，看不到的。」

「看得到，真的！我真的看得到！」

听晫一臉委屈的表情伸手一指，指尖正對著他的胸口正中央。不會吧？抱著一絲僥倖，鬼怪的眼神開始晃動。听晫直指著鬼怪的胸口說：

「這把劍。」

被劍刺入身體那瞬間的回憶，又浮現腦海，听晫的手指就彷彿那把劍一樣，直刺胸口。這不僅是鬼怪的一大衝擊，與此同時，一道閃電劃破天際，直劈而下。轟隆隆，雷聲大作，听晫有點吃驚，然而她的手指頭依然直指劍身，只有鬼怪新娘才能拔出來的那把劍。

永遠記得所有人的死，如同地獄般的歲月裡，他撐過無聊而漫長的時光，現在終於得以回歸虛無，平靜以終。

「其實從一開始我就看得到這把劍，那我現在算什麼？我仍然不是鬼怪新娘嗎？」

確實是鬼怪新娘，衷心期望了那麼久的死亡，終於來到鬼怪眼前。

「……應該沒錯！」

鬼怪嘴裡含混說出的這句話，讓听晫放心地笑了起來。

「真的嗎？那我就有用處了吧？叔叔你也不走了吧？」

「暫時是，但或許我得做好準備，到更遠的地方去。」

昕暐不懂這話是什麼意思，睜大了眼睛抬頭望著鬼怪，卻沒有得到更多的解釋。不管怎樣，幸好他說了她真的是鬼怪新娘。昕暐心裡還在慶幸，卻看到鬼怪的表情暗了下來，難道說鬼怪還不願相信她就是鬼怪新娘，還是說他討厭她是新娘，大概就在這兩者之間吧，昕暐變得有點消沉。然而一顆心直直下墜到深淵裡的人，還是鬼怪。

「一開始就看得到，為什麼之前一直裝作看不到？」

「一開始是出於禮貌，後來是因為害怕。」

「說清楚。」

從第一次看到他的那瞬間，也就是在街上與他四目相接的那一刻，昕暐就看到了。鬼魂們通常都以生前完好的模樣來找昕暐，但有時候也會以滿身鮮血，或是被火焚身之類死亡瞬間的慘狀出現，肉眼看去，頗為恐怖。

昕暐認為鬼怪的劍也屬於那種慘狀之一，她初次看到他的時候，他的胸口上就插著一把巨劍。昕暐以為他是被一劍刺死，光看就覺得好疼，可以想像他死時有多痛。刺眼之餘，昕暐乾脆就裝作若無其事的樣子。

「初次見面就揭人瘡疤，很沒禮貌，所以我沒有說。後來我怕說看得到的話，接下來不知道會發生什麼事，所以沒說。我擔心會不會要我馬上結婚？那我大學怎麼辦？不會連我也變成鬼怪吧？最重要的是，有錢嗎……？這些的……」

之後聽到鬼怪說，應該看得到什麼的時候，心想該不會說的就是那把劍吧，但又怕照實說出之後成了鬼怪新娘的話，又得擔心接下來的事情。所以想多了解一下鬼怪究竟是什麼樣的鬼怪，沒料到卻被傷了心。

起初他不承認自己是鬼怪，後來猶豫半天，又說听晫不是鬼怪新娘，沒有一點用處，是撿來的一條命什麼的，听晫才會生氣。自從知道他救了自己，是個值得感激的存在之後，听晫就更說不出口了。再者，他都確定听晫不是鬼怪新娘，做好離開的準備，自己還拉著他不放，也有點說不過去。

「那現在我該做什麼？身為新娘？」

听晫一臉緊張和期待的表情問。鬼怪深吸了一口氣。

「身為新娘，妳該做的第一件事就是，先在這裡等一下！」

讓听晫在外面等，鬼怪一個人進了屋裡，猛然打開陰間使者的房門，躺下來正打算睡覺的阿使，不耐煩地直起身。

「她看得到劍，正確指出劍的位置。」

「喔，那她不就是鬼怪新娘嗎！我知道了，給我出去！」

一看阿使根本不當一回事，鬼怪的臉色一暗，賭氣地大吼：

「她看得到劍！她是我的新娘，我要死了，你知道嗎？」

「那不是很好嗎？你尋找新娘不就是為了求死？」

沒錯！自從重生之後，他的生活就是如此。有和人類邂逅時的歡喜，也有離開人類時的悲傷，但大部分的時間都在等待死亡。阿使一臉訝異地問：「那不就行了？」是啊，沒有問題！他長久以來等待的時刻，自己找上門來。對鬼怪而言，也等於死亡突然降臨。

「……這煩人的永生終於可以結束，我一方面慶幸，但一方面又覺得日子其實不是那麼無聊，想多活一點……」

結果當死亡真的到來，卻又捨不得死嗎？這被自己視為地獄般的人生。真的很奇怪，還以為自己會毫不留戀。

阿使開玩笑似地說，要他儘管開口，自己可以帶听晫走，惹得心煩意亂的鬼怪彷佛即刻要接受阿使的建議般。阿使其實也不那麼願意鬼怪死去，而鬼怪似乎也明白阿使的心意。這雖然只是兩人之間無傷大雅的玩笑，卻也從中產生出友情，彼此都覺得對方的模樣可笑。

但玩笑也只是一時，門鈴又再次響起，這次顯然是等在外面的听晫按的。

「死亡在召喚我了……！」

還懂得按門鈴，這死亡真體貼。小心點，平常沒說什麼招人怨恨的狠話吧？狠話？見面不到十次，就說了有九次的樣子。鬼怪心裡一驚。這下看來，非死不可了！

兩人一同步出房間，鬼怪緩緩走向死亡。

「叫妳等一下，妳連一下都等不得嗎？真是沒耐心！」

反正就快回歸虛無了，鬼怪裝出一副絕情的模樣，皺緊眉頭。

「不好意思，我等不下去了。自從知道自己是鬼怪新娘之後，我就一直在等待著叔叔，等了很久很久！」

事實上她每天的日子也並非只是在等待鬼怪而已，不過「新娘」這話聽起來感覺還不錯，表示她有了結婚的對象，那不就等於有了家人？這對她黑暗的人生來說，就如同一線光明，照亮了听晫，已足以成為她痛苦時的一大安慰。

看著明天就要離開的鬼怪，听晫想，他既然不願意，自己也沒必要緊抓不放。听晫真的想就這樣送走他，但這如何是好，現實就是這麼殘酷，讓她難以顧慮到鬼怪的心情。就目前來說，他是听晫唯一可以依靠的對象。

「姨媽一家搬走了，連房子的押金也全帶走，我現在無家可歸。所以呢，我想住在這個家裡。我會像仙人掌一樣，一個人好好長大。」

九百三十九歲的鬼怪，聽到才十九歲的听暲說出如此堅強的話，也不禁感到心疼。就算那是這孩子必須承擔的人生，也太沉重了。面對死亡，自己腦子都轉不過來了，還懂得心疼听暲，鬼怪的手動了動，真想摸摸這個想如仙人掌一樣長大的小腦袋，雖然會有點刺。

「說起我呢！我一直想做一個大韓民國平凡的高三應考生，但我九歲父母早逝，舉目無親，在沒有母親照顧的世上，飽受姨媽和那對兄妹的欺凌過了十年。我的人生就如一鍋加了所有不幸調料的雜湯，不可理喻。就在此時，邂逅了叔叔你，彷彿命中注定般！」

為了住進這個家，為了博取同情，听暲不惜厚著臉皮說了一長串話，連站在一旁的陰間使者也不斷點頭表示同情。

「所以，你救救我吧！」

（救救我吧！）

如此哀求的聲音，以前也聽過。當鬼怪自己還是人類的時候，也曾經這般哀求過。「救救我！」是垂死之際才會說的話。想裝作沒聽到，但鬼怪畢竟心軟，為了听暲，他早就不知道當了多少次心軟的神。

「妳求我救命，也不看看這家裡住了誰，還求著住進去？」

「我如果不住這裡，不是客死，就是餓死。反正都是死，我還是在這個家裡，美美地死算了。俗語說，燈台之下一片黑，叔叔你就當我的燈台，不要讓他帶走我。」[1]

看來是鐵了心過來的，才會這麼理直氣壯。鬼怪哭笑不得，最後只好為听晫——自己的死亡，打開大門。

成功踏入鬼怪家的听晫，眼花撩亂地看著四周。從遠處眺望過來的時候，就驚訝於這房子雄偉氣派的外觀。結果內部猶勝外觀，不知道有多少間房間，根本無法一一參觀。听晫被吊掛在客廳天花板上的水晶燈吸引住眼光，看起來都好氣派，新舊之物的擺放，也充滿協調感。還以為他只是個有錢人，沒想到竟然有錢到這種地步。這裡簡直就是另一個世界，和自己生活過的世界，可說是完全不同層次。因此她再次堅決表示，自己要和叔叔一起住在這裡。

坐在沙發上，下定決心的听晫，看起來心情很好，鬼怪卻故意數落她：

「妳不是不在乎我，一點也不在乎。」

1 韓文「등잔 밑이 어둡다」這句俗語，原本是「當局者迷，旁觀者清」之意。但在這裡，意思是听晫就是要鬼怪當那個燈台，自己好躲在下面光線照不到的漆黑處，讓阿使看不見她。

「我是隨便亂說的，其實叔叔你長得非～常帥，跟元斌一模一樣，真的！」

面對一臉無語的鬼怪，听晫在心裡大說特說，還說只希望他能看得見自己的真心。

「看得見，妳的心。」

「啊，『關元斌什麼事』這句話取消，我老是想太多，對吧？」

「騙妳的。」

「什麼叫……騙我的？那時你不是說我的心聲，你都聽得見。」

「從那句話開始就是騙妳的。」

「那我被綁架的那個時候，你是怎麼趕過來的？」

「就感覺到了，到底怎麼回事我也不太清楚，可能是因為妳脖子上的那個胎記吧。」

「哇，騙子！我還怕自己想什麼都會被聽到，只敢稍稍地想著叔叔，還得分段想，中間還得唱唱歌。看著楓葉的時候，我也得告訴自己，這不是在想叔叔，只是想著楓葉而已，替自己找藉口。連想我自己的事情，也要小心翼翼的！」

以為她個性堅強，容易受挫，卻因為年紀還小，個性憨直，說話口無遮攔的。听晫的言行舉止，對已經活了將近千年的鬼怪來說，很多都是第一次，是別人不敢對鬼怪做出的行為、說出的話。他突然從沙發上一躍而起，只為了掩飾心中的慌亂。

平凡的十九歲女高中生沒事不會去的地方，就是旅館，但這已經是听晫第二次來旅館了。而第一次還只是在加拿大，欣賞了大型旅館的外觀和大廳而已。這一次雖然是韓國的旅館，但她萬萬沒想到會來到旅館最頂層的總統套房。在寬闊的房間跑來跑去，最後听晫張開雙臂往床上一躺，這是她所躺過最鬆軟的地方，簡直像躺在天國裡。

其實，她以為自己會睡在那個家裡，明明說她真的是鬼怪新娘，但鬼怪卻非要把听晫送來這裡不可。託他的福，認識了自稱輔佐鬼怪的劉氏一家。劉會長很鄭重地問候听晫，本以為只是一位平凡的老爺爺，回禮致意後看了一眼收到的名片，手都忍不住發抖，沒想到竟然認識了真正的財閥。劉會長向听晫介紹自己的孫子德華，還說有任何需要，都可以吩咐他。听晫和德華都驚訝得瞪大眼睛。這個在書店裡對她自稱是財閥富三代怎樣怎樣的年輕男子，竟然真的是財閥富三代呢！真是不可思議的緣分。

「總統套房……好棒……我一個人住在這麼棒的總統套房裡……」

不是乾脆把自己趕走，而是叫她「暫且」在這裡等一下。於是她就一個人睡在這麼棒的總統套房裡，太大了讓她有點害怕，拉過枕頭抱在懷裡。橫躺著的听晫，想了想以後的事情，然而人生卻總是前途未卜。

一大早，準備妥當去上學，听晫才剛走出旅館大門，烏雲蔽日，連太陽的邊緣都看不到。抬頭看一眼天空，雲層濃厚，說時遲那時快，雨就下來了。听晫張開手掌，感覺了一下雨絲，啪、啪落在手掌上的雨點十分冰涼。從書包裡拿出雨傘正要撐開，突然感到一陣憤怒，听晫一臉煩躁地瞪著天空罵：

「還真可笑！討厭就直說，幹嘛跟大家過不去，上學的時候下什麼雨啊！」

鬼怪說過，他憂鬱的時候就會下雨，看來那叔叔現在非常憂鬱吧。前一天晚上還惆悵悲傷的心情，這下更揪成一團。賭氣地咬著下唇，一輛車卻突然開過來停在听晫面前。隆隆的引擎聲，一眼瞧去，就看到德華在這台拉風的跑車上對她擠眼睛。德華揮手打招呼，听晫只好鞠躬致意。

這都是因為劉會長一再交代德華，要好好照顧听晫，听晫是十分重要的人。到底有多重要？這關係到德華的信用卡。按照吩咐，他得把听晫好好地送到學校才行。喧鬧刺耳的跑車，直接開到學校操場裡，「嗒！」一聲，德華連門都幫她開了。听晫覺得太丟臉了，連頭都不敢抬。

學生們驚訝地看著這一幕，羨慕地竊竊私語聲也傳進德華耳中，然而那氣氛，卻非德華原先所預想的羨慕，而是許多扭曲的議論，說什麼援助交際怎樣怎樣的。聽到這些話，德華大致可以猜到听晫在學校的生活。日前鬼怪阿叔曾經交代他去調查的那位不幸的「池听晫」，不是灰姑娘，卻在姨媽和表兄姊們的欺凌下長大，還因為看得見鬼魂，傳得人盡皆知，備受排擠，原來就是這女孩，這下他再度獲得確認。

當德華抵達豪宅時，長長的餐桌兩頭，鬼怪和阿使各坐一邊，正吃著遲來的早餐。這兩個人，光看就讓人感到一陣冰冷潮濕的氣息。鬼怪從昨天開始就變得很奇怪，儘管他原本就是喜怒無常、陰晴不定，但從昨天開始，行為舉止卻像個神經衰弱患者似的。本來已經要出發到國外去，卻因為自稱鬼怪新娘的女孩出現，拖住他的腳步，才變成這副德性的吧——德華猜。這對德華來說，事態的發展就像電視劇一樣，很有意思。因此他不去找對自己視若無睹的阿叔，轉而找上前面看起來狀態好一點的阿使問：

「那女孩真的是我家阿叔的新娘？她為什麼會是我家阿叔的新娘呢？」

「這個嘛，是神的惡作劇吧？」

「喔，所以阿叔才這麼憂鬱啊，不是自己的菜！神這惡作劇還真過分！」

起初簽租賃合約的時候，還遮遮掩掩的，但從他和鬼怪的對話裡，一聽就可以知道，這位臉色蒼白的末間阿叔，其實是陰間使者。大概因為從小就把鬼怪當成阿叔來伺候，或許未來還要當成自己的孩子來看待，所以德華即使面對阿使，也是一副泰然自若的模樣。

阿使的心情也如鬼怪般，亂糟糟的，他竟然對著在路邊碰到的女人流眼淚。一般來說，看到一個初次見面的女人就流眼淚，這其中一定有什麼緣由。然而不管怎樣，陰間使者哭了就是哭了，他甚至顧不上那枚擺在路邊攤上，自己和那女人互不相讓的玉指環。那指環，真的很美，但只要一想起那擦肩而過也會讓他流淚的女人，他的眼淚又要奪眶而出。更難以置信的是，他的心好痛。

阿使心情鬱悶，周圍的空氣也跟著都變得冰冷起來，盛放三明治的盤子開始結冰。住在這家裡的存在們，實在太任性了，一個動不動就下雨，一個動不動就結冰，德華過得很辛苦。

「你好好想想，你們兩個會不會不是第一次見面？男人不都是這樣，你要負責任喔！就算阿叔你不記得那天的事情，搞不好那女人還記得也說不定。」

德華一無所知才會這麼說。如果過去曾經見過的話，那這女人還真是天真無邪，嘴裡說著「我是Sunny！」的同時，還一撩長髮。不僅將自己的手機號碼抄在紙條上，還貼在自己的唇上，留下唇膏印。她的身影在眼前晃動，盤子凍到開始龜裂。

德華在心裡惋惜。

（那是鬼怪阿叔在路易十四時代直接買的盤子，他寶貝得很……）

阿使為了再次見到名為Sunny的女人，特意到初次遇見她的陸橋上，可惜白跑一趟。再回到家裡，就看到幾天以來腦子裡來來回回想著生死問題的鬼怪，穿著一身黑色西服套裝在客廳裡。白襯衫黑領帶，帥氣的身姿，連陰間使者看了都覺得帥氣。只有站在某個人的生死歧路上，鬼怪才會打起精神，稍微忘記自己的事情。

「穿那一身幹嘛？婚禮，還是葬禮？是不是因為這樣，人家才會說『婚姻是愛情的墳墓』？」

「我現在很嚴肅，也希望你能認真回答我的問題。」

看到鬼怪一本正經地問，阿使也不再和他抬槓。看了看手錶，鬼怪的眼睛有點發澀。鬼怪問，阿使那間亡魂到陰間之前短暫停留的茶館，是否也可以見到客死他鄉的亡者。鬼怪清楚感覺到，那名他曾經當過一段時間守護神的男子，生命正在消失。

如今垂垂老矣、生命之火逐漸熄滅的男人，也曾經有過一段少年時光。當時走在異國土地上的鬼怪，恰巧就撞上了這個從家裡跑出來的少年。鬼怪飛快地讀取他的人生。這個無法忍受養父暴力的人，正要離家出走。他過得很辛苦，但如果離家出走的話，未來會有更無以為繼的生活在等待他，還不如現在稍微忍耐一下。

鬼怪勸告少年，既然被收養了，就該理直氣壯地告訴養父「你也是我父親」，要他好好考試，並且還絆了追在少年身後的養父一腳，讓他摔斷肋骨，無法再行使暴力。看到摔得稀里嘩啦的養父，又看了看鬼怪，少年眼裡充滿驚訝。

「你以前一天到晚就做那種事情？」

陰間使者對鬼怪為何做那種事情稍微感到好奇，基本上，鬼怪這種族群，似乎也曾經喜歡過人類。

男人將偶然見過一次面的紳士，一輩子都牢牢記在心裡，就是這個人改變自己的人生。他也一直記得紳士遞給他的那個熱熱的三明治，因此日後他成了非常正直、樂善好施的人。鬼怪想見他最後一面。

「我給了無數人三明治，但很少有人像那個少年一樣大步向前走。一般人都在奇蹟發生的瞬間止步，祈求我再幫一次忙，就像把奇蹟寄放在我這裡似的。然而，他的人生是他自己改變的，所以他的人生我總會幫一把。」

雖然不常插手人類的生活，但鬼怪往往還是會成為某個人的守護神。

听晫坐在旅館總統套房的書桌旁，認真地寫練習題，因為距離大考沒剩多少時間了，而且她又是高三學生。听晫一面用功，一面在等待。即使寬敞的空間變得有點孤單，她仍舊不放棄。

然而，天氣實在太糟糕了，彷彿颱風就要來襲的樣子，听晫跑到鬼怪的豪宅，拚命敲著門。他心情到底有多壞，按照這個機率，听晫的心情也盪到谷底。開門，為什麼避不見面，說被吹蠟燭召喚傷了自尊心，自己才沒有召喚他，現在不管了，就吹蠟燭，听晫甚至如此威脅，然而豪宅內依然動靜全無。自己說在尋找鬼怪新娘，現在找到了又放著不管，听晫不明白鬼怪究竟是什麼居心。

直到次日，鬼怪也依舊音信杳然，听晫最後在房間陳列櫃上排滿蠟燭，全都點上火。她打算吹熄蠟燭召喚鬼怪，如果他消失的話，她就再吹，再消失，她繼續吹。听晫噘起嘴唇「呼～」，帶著想哭的心情吹熄了蠟燭。

眨眨眼，一睜開眼睛，就看見鬼怪站在听晫面前。這麼簡單就能召喚過來，既然他現在能來，為什麼之前都不來。臉色看起來有點疲倦，黑色西服套裝合身得令人讚嘆，反倒讓听晫更怨他。

「到哪裡去了？為什麼避不見面？」

听晫一看到鬼怪就連聲追問。

「妳去過家裡？我沒避不見面，我在忙！」

「明明就是忙著不見我，我看你好像也沒有正當工作。難道我被那個了嗎？」

听晫十分氣憤的樣子，深吸了一口氣之後才問。

「打入冷宮？」

「什麼？」

「不然是怎樣？說自己是鬼怪，避開；說自己不是鬼怪，還是避開；說我看不到劍，避開；我看得到劍了，還是避開。卑鄙，大人都太卑鄙了！你再逃走試試看，我會把這些全都吹滅！」

鬼怪也正好想過來看看，只是听晫不知道罷了。對他來說，再來見听晫一面，需要勇氣。他以為自己一直在等待死亡之日的到來，沒想到有那麼多的牽掛。而這些牽掛，隨著時間流逝，不要說放下，反而越來越沉重。他看著曾經邂逅的少年，成了老人踏上通往天國的階梯。於是他又再一次感受到留給他的，只有一個又一個永生難忘的死亡。這種時候，他又覺得，不如死了算了！結束這段生命，不要再看著身旁的人一個個死去，因此他決定接受死亡。

賭氣大喊的听晫背後，燭火不停地晃動，還真的很多，這些溫暖、美麗的燭光。

「……真美！」

「我現在是認真的！」

「我也是。」

靜靜說出的這三個字，讓听晫也平靜下來。兩人視線交纏，鬼怪的眼裡莫名顯得悲傷。他的眼睛原本就如此悲傷嗎？還有點孤單的感覺。然而現在他眼底的悲傷，似乎是因為自己，听晫覺得自己才應該哭。

「我不能就住在叔叔的家裡嗎？反正空房間這麼多。」

「房間是空的，是滿的，妳怎麼知道？」

「劉德華哥哥說的。」

鬼怪呵呵乾笑兩聲，听晫毫不退縮，因為她已無處可退。

「你不是叫我暫且等一下嗎？暫且的意思，一般就是一個小時，頂多半天的時間，這都第幾天了？這之間雨還下個不停，你憂鬱嗎？因為我的關係？」

「……不是！」

幸好他說不是，但听晫的心早就被傷得體無完膚。太痛苦了，她無法再當鬼怪新娘了。

「沒關係，你直說就是，我這幾天也做好心理準備，不管你說什麼，我都有覺悟接受。」

「為什麼是妳有覺悟，現在的情況是我才該有覺悟！」

鬼怪臉上顯出一個虛無縹緲的微笑，大踏步走向房間裡的冰箱，迴避听暭愣愣地想問「這話什麼意思」的眼光。這故事听暭不知道最好，知道了一點好處都沒有。從冰箱裡拿出啤酒，他拉開拉環，一口喝了下去。

听暭默默地站著，一點也不了解鬼怪的心，自己說不是因為我的關係才憂鬱，卻又不肯好好回答我的問題。

「晚飯吃了嗎？」

「我說看得到劍之後，反而就一直看不到叔叔了。我不是為了得到這樣的結果才說的。」

冰涼的啤酒順著食道流進來，喉嚨有股底下刺刺的感覺。

「你有什麼覺悟，要怎麼做？不要一個人做，一起做吧。」

「要吃牛排嗎？幫妳叫客房服務？」

「……看你，又轉移話題，那我就放你一馬！」

嘆了一口氣，听暭穿上外套。想想自己，自從遇見了鬼怪之後，就一直煩惱不知該怎麼做才好。同樣的，鬼怪也一定對突然冒出來的新娘有很多想法。听晫這麼安慰自己，雖然不見得讓自己心情好一點，不管怎樣，像大人一樣成熟的自己，還是可以理解那個大人的。听晫故意咧嘴笑說，今天不想吃牛肉，去吃別的東西吧！

又灌了一口啤酒，鬼怪看著听晫的笑容，覺得那笑容好刺眼。

午時的陽光

兩人跑到旅館附近的便利商店，黑漆漆的夜裡，在燈火通明的便利商店中，他們挑了三角飯糰，吃得津津有味。鬼怪在一旁又開了一罐啤酒喝，他的酒量光是就兩罐啤酒，在听晫措手不及的情況下醉態可掬。倚靠在便利商店商品架旁，鬼怪大手一揮，嘴裡說著「從這裡到那裡的所有東西，我都買給妳」，听晫好不容易才攔住他。

「怎麼才喝兩罐啤酒就變成這副德性？」

听晫嘀咕著，故意讓走得歪七扭八的鬼怪聽見。听晫的懷裡抱著一個裝滿零食的大袋子，兩人正走在回旅館的路上。經過湖邊小徑時，听晫在香蕉牛奶瓶上插進吸管，牛奶的滋味化在嘴裡，甜絲絲的。

大半夜的，散步小徑上只有他們倆。鬼怪醉得迷離，听晫一直要他先走，反而是鬼怪堅持要送她回去，話也多了起來。听晫把一瓶香蕉牛奶都喝完了，嘴裡還咬著吸管。鬼怪醉了，反而變得坦率。走在前面的他，靠在一根路燈上站著。
「我真的是叔叔的新娘，沒錯吧？不是暫且之類的？」
听晫需要一個保證。對听晫再三追問的那份急迫感，佯裝不知的鬼怪覺得自己很卑鄙。鬼怪雙眼渙散地笑了起來，「嗯」了一聲算是回答。毫不猶豫回答的模樣，讓听晫很滿意，臉上的表情也跟著放鬆下來。
「那我就不能和別的男人交往嘍？」
這個荒謬的問題，聽得鬼怪頭都痛了。
「我極端不推薦妳這麼做！」
「那我的第三個願望你打算怎麼辦？打工、姨媽一家、男朋友！」
「妳這輩子不會發生那種事情，就別抱希望了！」
「為什麼？」
「因為我討厭。」
他如果在正常情況下，是不會說這些話的，听晫抬頭望著如路燈般高大的鬼怪。
「哪有這回事，叔叔你喜歡我嗎？」
「不！」
「叔叔嘴裡的『不』，都不是真的『不』。」

站在路燈下，鬼怪的臉龐蒙上一層陰影。啊，又看起來好孤單。鬼怪總是一副孤單的模樣，讓听晫好牽掛。和听晫比起來，鬼怪什麼都不缺，而且也不是人類，是神靈，但臉上的表情竟然讓一個微不足道的女高中生擔心。總覺得他跟自己很像，明明是兩個人在一起，感覺卻像一個人似的。

「……一直以來是怎麼過的？做了什麼？」

「一直在等妳啊！」

心跳漏了一拍，他說等「我」。不是只有自己在等待某個人，也有某個人在等待自己。鬼怪也是。不，應該說鬼怪一直等待的，是鬼怪新娘。莫名變得尷尬的听晫，故意大聲數落：

「吵死了！」

「我說得很小聲啊！」

尷尬的听晫實在很可愛，鬼怪的嘴角溫柔揚起。

「那我是第幾任新娘？」

一無所知的孩子，總有問不完的問題。可以在天上飛，憂鬱的時候下雨，快樂的時候開花……可以回答的，鬼怪都盡可能回答。夜空下，依然神采飛揚的听晫，白皙的臉孔猶如一朵蕎麥花，鬼怪愣愣地望著她。

「第一任，也是最後一任。」

「就算是第一任好了，但我怎麼知道是不是最後一任？」

「我說是就是。」

心跳又漏了一拍，听暐擔心自己的心跳會亂了節拍。

「……如果我說，我不當這個新娘了，那會怎樣？」

「那劍就拔不出來了，這事只有妳做得到。」

「劍？」

「只有拔出這把劍，我才能……才能變得好看。現在不好看嘛！」

這下听暐才明白鬼怪為什麼一直在等待鬼怪新娘，原來就是童話故事裡常見的橋段。《青蛙王子》裡的青蛙變成王子，《美女與野獸》裡的野獸也變成王子，但前提是要遇上真愛之後，才能回復原來的模樣。

那麼，鬼怪是從掃帚變成的嗎？听暐嘻哈笑著說：「那等哪天需要掃帚的時候，再來拔吧！」掃帚的故事也讓鬼怪忍不住哈哈大笑。自己拯救下來的這孩子，真的好好長大了，個性開朗，讓人越看心情越好。鬼怪很慶幸自己救了她，而她也成了能為自己拔劍的新娘。

「妳是不知道才這麼說，現在這種情況，我還笑得出來的話，那我就真的是個瘋子……好，下次再拔！今天就算了。今天就和妳一起說說笑笑。」

看到笑著笑著，又顯出孤單神色的鬼怪，听晫趕緊提議。

「那不然等初雪的日子？」

「初雪？」

「那時會用得到掃帚啊！」

初雪的日子……鬼怪在嘴裡喃喃自語，渙散的雙眼閉上又張開，夜空下，只有兩個人。

●

第二天清晨，十一月圍牆上的枯枝竟然開滿櫻花，路過的行人看到初冬盛放的花朵，各個嘖嘖稱奇，心情大好。听晫也看到櫻花，她的臉上也盛開一朵笑容。

一大早，聽到花開消息卻笑不出來的人，大概只有鬼怪吧。都過了中午，鬼怪還是因為宿醉的緣故，抱著頭呻吟。記憶模模糊糊的，只記得喝著香蕉牛奶的听晫，問東問西滿臉笑容的听晫，開朗地回答初雪來時拔劍的听晫。夜裡的記憶在動靜之間一件件浮現，鬼怪頭更痛了。

頭痛的鬼怪開車到听暭學校前，剛放學的听暭發現了鬼怪。戴著太陽眼鏡、倚靠車身站著的他，十分搶眼。每當大衣衣角在風中揚起，就露出修長的雙腿，加上英俊的長相，還以為看了這麼多次應該已經習慣，沒想到現在再看，還是大為驚豔。听暭趕緊跑到鬼怪身邊。

「……我昨天沒出什麼糗吧？」

握著方向盤的鬼怪，斜眼睨了一眼听暭問。

「你想不起來嗎？」

「就是都想起來，才這麼一臉困窘的樣子，妳沒看到嗎？」

听暭想起昨晚的鬼怪，心裡偷笑，兩罐啤酒就醉了的呆傻模樣實在太萌了。

「吃過醒酒湯了嗎？」

「妳為什麼每次看到我，就提起吃？就不能在和我見面之前，先吃了再出來嗎？」

「想跟你一起吃才這麼問的。」

這孩子！讓她看到一點心意，她就以為看到全部一樣，坦白得不得了。鬼怪噗嗤笑了出來。

「想一起吃什麼？牛肉？」

「牛肉？我想都沒想到，真是好主意！」

帶著開心的听晫，鬼怪把車開到幽靜的路邊停下來，率先打開車門下車後，又繞過來為听晫打開副駕駛座的門。明明是空無一人的街道，卻說已經到了，听晫不太習慣為她開車門的鬼怪。扭捏了半天之後，一下車，就看到一望無際的天空。

「啊……！」

听晫嚇了一跳，嘴裡不自覺發出驚嘆。從車裡下來，她所站的地方竟然是加拿大一條幽靜的街道，而不是剛才還身處的韓國。眼前截然不同的景象，分明就是加拿大。

「這是對妳楓葉禮物的回禮。」

「太棒了，太棒了！楓葉用楓葉國回贈，這次真的是蜜月旅行吧？」

鬼怪不想聽她胡言亂語，打開副駕駛座車門，示意她上車。听晫卻佯裝不知，飛快地向前邁步。她走錯方向，鬼怪趕緊喊住她「不是那邊，是這邊」，自己便大踏步往反方向走。听晫連忙掉頭，小跑步跟上來。總是跟在他身後看著的背影，比往常顯得不那麼孤單的樣子。或許是她想太多，但至少在听晫的眼裡看去，確實如此，因此她的腳步也輕快許多。

掛著古樸畫作的餐館，一眼望去就能看出是一家傳統老店。每張餐桌上都放了一枝插在玻璃瓶裡的典雅花朵，餐桌旁的人也都一臉幸福地享用食物，這氣氛連听晫都感到幸福起來。兩人面對面坐著的餐桌上，牛排很快就送上來。

「我開動了！哇，好多劍，劍！」

听晫惡作劇似地拿著刀子在空中亂揮，鬼怪嚇得身子往後靠，听晫笑了起來。

喝一口水壓壓驚，鬼怪故意壓低嗓門說：

「快吃，不是說肚子餓了。一面吃一面聽我說，不要誤會，我是真的好奇而已，真的！」

切了一小塊牛排放進嘴裡咀嚼，听晫點了點頭，她也很好奇鬼怪在好奇些什麼，因為通常都是自己比較好奇[1]。

「這把劍……劍柄是什麼樣子……？」

「你不會是在懷疑我吧？」

這人真是的！火大的听晫，用力地把刀子往牛排一刺。鬼怪看著她的臉色試圖說服她：「這種事情不是應該越慎重越好嗎？」這不是懷疑是什麼，听晫越聽越傷心。她從第一次見到他的那天就看到了，一把刺穿他胸口，有著白虎陽刻的巨劍。

「我呢，查了一下叔叔，也就是鬼怪的資料。可是怎麼查也查不到那個故事，就

1　三個「好奇」，作者的文字遊戲。

是插在你身上那把劍的故事。為什麼會被插了一把劍呢？自己插的？還是別人？」

「……是我以為絕不會那麼做的人。」

「果然是一個悲傷至極的故事！好吧，那就別說了！年齡呢？實際年齡？」

「九百三十九歲。」

「啊……這故事一定更悲傷，對不起！不過能活這麼久真好，也不會老，又很富有，還像這樣遇上新娘。」

只有听晫自己在笑，鬼怪的表情很不自在。

「妳想長生不老？即使只有妳一個人停留在原處，其他人都隨著歲月流逝？」

放下手裡的牛排刀，听晫靜靜地看著鬼怪的眼睛。原來，他的悲傷來自於此，所以才顯得孤單。

「有叔叔在啊！」

媽媽去世之後，這世上只剩下自己，所以听晫多少能理解那種情感。

「叔叔會一直在啊，所以我覺得長生不老也不錯。」

鬼怪的眼神微微晃動，望著听晫的眼光越發深邃。

「不過比起過去悲慘的歷史，叔叔感覺非常開朗呢！」

雖然偶爾也顯得悲傷，但基本上口才很好，好到令人憎恨的地步。

兩人從餐館出來，走到噴水池附近。陽光下噴水池的水滴四濺，在空中熠熠生輝，也讓周圍的一切，瞬間變得耀眼。

「都快一千年了，我哪能一直悲傷千年？我現在是一個謙虛接受命運安排、堅強活著的剛毅鬼怪。」

這話讓听晫笑了起來，彷彿又看到另一個自己，說著會堅強，獨自一人好好長大。諸多相似的模樣，讓兩人之間的距離越來越小。走近噴水池，兩人的腳步也變得輕快起來。

「哪有悲傷能持續千萬年？哪有愛情能持續千萬年？」

「我投『有』一票！」

「哪邊一票？悲傷，還是愛情？」

「悲傷的愛情？」

這大概是不假思索就說出的話吧，鬼怪稍微吃驚。悲傷的，愛情，單詞的組合就刺痛了心底某個角落。活了九百三十九年，他還不曾同時經歷悲傷與愛情，這話，深深地刺進了他的心。

「不信的話，我們來打賭？」

听晫的挑釁，讓鬼怪佩服，她怎麼知道鬼怪喜歡打賭呢？她說調查過鬼怪，到底查到多少，知道多少？

「長久以來獨自生活，容易寂寞，喜怒無常，個性孤僻，喜歡陰暗潮濕的地方……」

「妳就只會查一些負面的資料嗎？」

「還會賜給人類好運，或降下災禍……不成家。」

原本笑得開心的听皥，臉上閃過一絲陰影。

「所以才把我放置在旅館裡的吧。」

「不是放置，是處置，讓妳自己也好好想想。」

「想什麼？」

「不想當的話，不當也可以，不一定非當不可——鬼怪新娘！」

「哇，聽你這麼一說，好像一直希望我自己拒絕的樣子。事到如今，為什麼還這麼說？難道你有別的女人？還是『就算沒有別的女人，但我就是討厭妳，所以妳別當了』……先要看得到劍，然後再拔出劍來，對吧，順序上來說？過來過來，我把劍拔出來，證明我到底是不是新娘！瞧瞧你會不會變得好看些！」

看到听皥毫不猶豫地靠過來，鬼怪連忙往後退，听皥以為他在拒絕自己，不禁討厭起他來。昨晚還發酒瘋，說「一直在等妳」，原來他等待的，只是鬼怪新娘而已，不是自己吧。听皥的心仍舊感到不安，難以掌握他的真心究竟是什麼，也切實感受到鬼怪的喜怒無常。

突然出現的鬼怪新娘，就算是命中注定，也不可能馬上就喜歡，但即使如此……也不該當面拒絕吧！至少听暐是這麼想的。就算自己命運多舛，但這時刻，能在命運的安排下和他在一起，听暐一點也不討厭。

「就站在那裡說話，就那裡！」

怕听暐真的過來拔劍，听暐前進一步，鬼怪就退後一步，還一邊大喊。好啊！

「那你變個金子出來，鬼怪棒子，要這～麼大的。」

「我為什麼要變？我沒有棒子。」

「沒有棒子？為什麼？什麼鬼怪嘛，竟然沒有棒子？」

听暐的輕蔑讓鬼怪移動噴水池的水，變成一把劍握在手裡，並給她看。鬼怪一揮動水劍，水珠便濺到听暐身上。听暐也用手舀水，撥向鬼怪，但想要攻擊發揮忽閃忽現本領的鬼怪，根本是不可能的事。听暐氣呼呼地追在他身後，卻很難抓住他。

「好厲害喔！贏了高中生。我說，你只為了贏一個高中生，就使出那本領？」

「不行嗎？」

「我沒有什麼本領嗎？叔叔什麼都做得到，鬼怪新娘只能看到鬼嗎？」

有一項最大的本領，就是要拔出鬼怪身上的劍，妳是唯一的存在。然而反過來說，也表示妳只是一件工具，用來拔出鬼怪身上的劍。听晫不知道的事情還很多，鬼怪有很多事情瞞著沒告訴她。他靜靜地凝視听晫濺上水珠的臉孔，不忍心又轉開視線，每個剎那，都沾染著苦澀。

在噴水池旁，痛快地打了一場水仗之後，听晫就說要去一個地方。還在納悶加拿大這地方，她有哪裡好去？听晫要鬼怪等一下就好，要他邊看書邊等，還從書包裡掏出詩集遞給他，人就跑走了。陽光普照的好天氣，鬼怪在噴水池近處的白鐵椅上坐下，一頁一頁緩緩翻過听晫給他的詩集。當中也有听晫照抄的句子，鬼怪嘴角浮現出笑容。

2

他的眼光定在名為〈愛情物理學〉的詩篇上。

質量的大小與體積不成正比。

從第一句開始讀下去。此時，遠處傳來「叔叔！」的喊叫聲，是听晫心情愉快地喊著自己。鬼怪抬起眼睛，看向遠處。對面斑馬線上，听晫正朝自己揮手，汽車不時穿梭而過，听晫的模樣時隱時現。

交通號誌燈由紅轉綠，听晫小跑似地走了過來。一步又一步，听晫每踏出一步，地上畫的白色斑馬線就變成紅線。短暫的驚喜之後，听晫加快腳步向前，彷彿踩在最適合鬼怪新娘的紅毯上，听晫就踏著這魔法般的瞬間走了過來。

質量的大小與體積不成正比。

如紫羅蘭般嬌小的女孩，
似花瓣搖曳的女孩，
以超越地球的質量吸引我。

詩還在繼續。鬼怪靜靜地坐在那裡，眼光卻離不開逐漸走近的听晫，詩句與听晫的腳步重疊在一起。听晫望著施展魔法的鬼怪，如春花怒放般，笑了起來。

剎那間，我

2 這本書其實是一本療癒詩集，一面為詩，一面為白紙，讓看書的人照詩抄在白紙上，用以平靜心靈。

如牛頓的蘋果，
一股腦地滾落於她面前。
咚、咚咚發出聲響，

心，
震天動地，
持續搖擺，
那正是初戀。[3]

快步走來的听晫太耀眼了，鬼怪想起烈日當空午時的陽光，表情不自覺地僵住了。他的時間緩緩停住，整個世界彷彿被按下暫停鍵。噴水池的水珠一滴滴掛在半空中，連那耀眼奪目的少女，也靜止下來。鬼怪呼出一口氣，時間再次開始流動。

朝著為她變出紅毯的鬼怪，听晫開心地跑了過來，看到一臉僵硬的鬼怪，感到十分訝異。

「叔叔？」

沒聽到他任何的回應，只有眼睛仍在眨動，鬼怪雖然看著自己，卻彷彿視若無睹。

「叔叔生氣了嗎？」

即使把臉貼近他身邊，也看不出個所以然。自己只不過去了一下旅館而已，鬼怪卻一臉可怕的表情，听暐感到很納悶。

這瞬間，鬼怪再次決心赴死。曾經他心心念念，卻在真的到來時，又想逃避的死亡，他下定決心接受。在這孩子變得更加耀眼前，變得更讓他捨不得放手前，他非死不可。

決定了，我一定要消失，為了笑靨如花的妳，這是我必須做出的抉擇——結束此生。

3　此譯文出自韓國詩人金寅育詩集《愛情物理學》中，本書由劉芸所譯。

他的名字

鬼怪像生了氣似的，一臉冰冷地將听晫送回住宿的旅館之後，回到家裡，身體無力地靠在房門上，心臟劇烈跳動。感覺似乎听晫仍在向自己走來，听晫的腳步成了自己心臟跳動的聲音。咚、咚、咚，心搏聲在耳邊響起，證明自己還活著。「被迫活著」和「拚命想活」之間的差別實在太大，而心臟彷彿在譴責想活下去的自己，開始痛了起來，就像被劍再刺了一次一樣。他緊抓著胸口，倒了下來，感到自己呼吸困難。

忍著難受的呼吸，鬼怪一再地痛下決心，必須消失不可，必須結束此生，在自己想繼續活下去，想得到幸福之前。

長長的餐桌旁，鬼怪和阿使有別於以往，並排坐在一起喝啤酒。兩人各懷心事，埋怨著自己的存在。

陰間使者今天好不容易終於成功地再見到Sunny。第一次見面時流眼淚，今天第二次見面，卻啞口無言，因為Sunny問他貴姓大名。陰間使者沒有名字，就只是神的使者，替神跑腿罷了。他被稱為「金差使」，他的同事，甚至其他同事，都被稱為「金差使」。這不是名字，他的名字早在他死前就已經被抹消了，他什麼都不記得。但如果只是回答不出名字，那倒也罷了，Sunny還問他：「過得好嗎？」對一個死了的人，根本沒有過得好不好這回事。

陰間使者心裡空蕩蕩的，Sunny的面容一直在他眼前晃動，他卻沒有勇氣再去見她。想見當然隨時可以見，但他害怕。因為一定還會像今天一樣，什麼都答不出來。

而坐在他身旁的鬼怪，則處於決心一死的狀態。

「真的要死嗎？」

陰間使者詢問身邊眼神陰鬱，猛灌啤酒的鬼怪。看著結出一層白霜的陰間使者，這個過去使勁要他離開、現在卻擔心他真的要死的傢伙，對鬼怪來說多少是一個安慰。

「嗯……初雪來前。」

在那之前，一定要把劍拔出來。

決心和沉默，都無比沉重。陰間使者想逃離Sunny，因此對坐在旁邊一心求死的鬼怪，他能做的，也只有點點頭罷了。

從椅子上站起來，鬼怪走出門外，所抵達的地點，是听晫住宿的總統套房前面。開門走進去，就看到听晫正在點蠟燭，展示櫃上好多的蠟燭，她正點著最後一個。

聽到開門聲，听晫嚇了一跳，她還以為是德華來跟她追究為什麼冰箱裡、房間裡配置的東西都不見了。

「妳倒是做了很多召喚我的準備。」

「唉唷，嚇我一跳！」

「我進來了，召喚我做什麼？」

「叔叔你怎麼來了？德華哥都跟你說了嗎？」

看鬼怪一臉迷惑不解的表情，听晫怪自己太心虛，趕緊先把情況解釋清楚。

「那個……其實我已經挨了一頓罵，被德華哥。」

「他自己都不正經，沒資格罵別人。」

「我把冰箱裡的東西都掏空了，這個帳單可不可以……等我拿到工資，我會一點一點還的。」

一個準備參加大學聯考卻在途中死了的女鬼，一直賴在听晫身邊不走。她拜託听晫到她房裡把冰箱裝滿，免得她母親在女兒葬禮結束後，過來考生宿舍[1]收拾行李時，看到空空如也的冰箱，會傷心難過。聽了事情的原委，听晫很難漠視不理，她身上沒錢，只好先把旅館裡的食物全都劫掠一空，塞進考生宿舍的冰箱裡。但即使她說了會用工資慢慢償還，鬼怪也依然保持沉默。

「不行嗎……？事實上酒是叔叔喝掉的，其他東西我用在好的地方。你如果坐視不理的話，我就把這些蠟燭全吹熄，讓你今天一整天都跑來跑去。」

听晫大聲嚷嚷解釋的時候，鬼怪沉默地抬手動了動，一個動作而已，所有蠟燭就一次全滅了。四周一片黑暗，只有燭煙往上竄。

「以後不要再召喚我了。」

靜寂流淌在兩人之間。他是不是生氣了，听晫突然害怕起來。鬼怪說出這句話時的嗓音，低沉無情，讓人感受到他是令人敬畏的存在。

「沒那個必要了，我以後會一直在妳身邊。回家吧！」

「……哪個家？」

「我住的家，因為妳是鬼怪新娘。」

這是听晫想聽到的話，「妳是鬼怪新娘」，「我會一直在妳身邊」，「回家吧」。

1 原名「考試院」，專門提供給考生讀書住宿的小套房。

真的是她一直渴望聽到的話，但听晫卻滿臉疑惑，說好不成家的鬼怪，只會否定自己存在的他，突然這麼說，讓听晫心亂如麻。

如此渴望過的家、成為某個人的新娘、有了家人，都是她喜歡的。但他呢？一直以來不斷推拒听晫的鬼怪，似乎只是為了讓听晫為他拔劍，才承認听晫是鬼怪新娘。雖然不需要其他理由，但……听晫咬著唇，眼神如風中之燭般晃動。

「叔叔，你愛我嗎？」

「如果需要的話，我也可以做到。」

毫無起伏的語氣，冷到極致。听晫眼神顫抖地抬頭望著鬼怪，感覺他離自己更遠了。

「我愛妳！」

他明明在說愛自己，卻反而比其他任何時候都更遙遠。

這瞬間，窗外一道霹靂閃過，電閃雷鳴聲大得讓人嚇到縮肩。豆大的雨點彷彿要敲破窗戶般。這麼悲愴，還說什麼愛我？听晫的心裡也下起雨，黑暗中，兩人都染上不安。

「你就這麼討厭我嗎？」

雨下得這麼大，想佯裝不知都無從掩飾。

「你到底有多討厭我，才會這麼悲傷？這雨下得嘩啦啦的。夠了！不管叔叔有多討厭，有多悲傷，我都要住到叔叔家。」

他想好好安慰這傷了心的孩子，但他不能這麼做。鬼怪只好靜靜地聽听暐說話。

「我現在的處境不容我分辨鬼怪是冷、是熱，不管怎樣，我只要把劍拔出來就行了。」

「……是的，這麼做就行了。」

委屈的听暐嚥下憤怒的情緒，轉過身去。

「請等一下，我收好行李就出來。」

回去的車上，窗外雨仍下個不停。听暐想問鬼怪，這雨到底打算下到什麼時候才停，但覺得有傷自尊心，又問不出口了。既然都已經這麼傷人，該夠了吧，到底還想傷到多重才肯罷休？車裡的沉寂，車外的雨聲，都讓听暐煩心，她忍不住問：

「叔叔叫什麼名字？」

開著車的鬼怪不作聲。

「哎，我不是非常好奇才問的，只是不管怎樣，我們即使是一種比結婚要遠、比同居要近的曖昧關係，我名義上還是新娘，至少也該知道即將成為新郎的鬼怪名字吧。」

不是因為我看得到劍，不是因為我能拔得出劍，我只是想擁有一點身為鬼怪新娘的特別待遇而已。鬼怪帶自己回家的同時，還邊下著雨，這不是昕晫想要的特別待遇，但她的心裡多少還是亂糟糟的。告訴自己不要難過，卻還是忍不住傷心。

「我們，還談不上是『我們』[2]呢！」

然而，如果連期待一點小小的特別待遇都不行的話，昕晫也無可奈何。昕晫放棄了，反正當初她就不是含著金湯匙出生的，她很明白，人是不可能要什麼有什麼的。手裡能掌握住的本來就少，還不如放棄算了。昕晫又把頭轉過去看著車窗外，默默開車的鬼怪終於打破沉默。

「大概在妳出生前就已經是了！」

號誌燈轉紅，車停了下來。鬼怪接著說：

「我們。」

昕晫眨著眼睛，她不想再孤獨，希望有一天能成為「我們」，所以一直在等待鬼怪的出現，希望鬼怪能和她成為「我們」，但現在她也希望鬼怪不要因為和自己成為「我們」，而太過悲傷。

「曾經是劉宗信，也曾經是劉宰信，現在是劉信宰，真正的名字是……。」[3]

听晫屏住呼吸等他接下來要說的話。

「金信。」

听晫張嘴無聲地跟著喚了一句他的名字，金信。

號誌燈又換了，听晫臉上微微帶笑，提醒他綠燈了。車又開始在潮濕的街道上疾駛而去。

●

听晫就這樣住進鬼怪的家，這也代表說，听晫和阿使也住在了同一個屋簷下。聽到阿使嘲諷地問「沒關係嗎？」，听晫一句「燈台之下一片黑」，勇敢地還擊。還轉頭問鬼怪，能不能成為她的燈台。阿使其實並不討厭听晫，十九年前，還有九年前，他沒能帶走漏網者，似乎真的都有深意吧。

這事決定得突然，沒準備好听晫要住的房間。該如何裝潢她的房間，鬼怪和阿使

2 作者的文字遊戲，前面的「我們」是指個別的我和你，後面的「我們」是指一家人。
3 劉宗信、劉宰信、劉信宰，音譯。

意見紛紜。沒有多餘的床可睡，听暐只好先住在鬼怪的房間裡湊合一晚。因此被迫和鬼怪睡一間房的阿使，抱怨連連，但也無可奈何，誰叫這家實際上的屋主，還是鬼怪呢！

躺在阿使旁邊的鬼怪，望著天花板發呆。一旦決定要結束這漫長的人生，想得也越來越深，彷彿陷入一團泥淖中。

「你見過神嗎？」

白色被子整個拉到頭頂上蓋住，直挺挺躺在床上的阿使默不作聲，鬼怪又問了一次。

「莫非，你現在……正看著神？」

一把扯下被子，陰間使者皺緊眉頭。鬼怪躺在身旁就已經很討厭了，睡覺時間還一直跟他說話，煩不煩啊！

「我說了叫你不要跟我說話！我這種小嘍囉怎麼可能見得到神。」

「我見過。」

「長什麼樣子？」

飛過來停在劍柄上的蝴蝶，鬼怪翻出很久很久以前的回憶。

「就是……一隻蝴蝶。」

「每次都來這套。連一隻飛過的蝴蝶都不能等閒看待。如果能露個臉，至少我還能具體抱怨一下。」

一時間兩人都沉默了下來，身為非人類的存在，長久停留在這世上，這本身就十分孤單。鬼怪率先打破沉默。

「如果神以為自己給的考驗，都在可承受的範圍內，我想神大概太高估我了。」

「……累嗎？」

「不用擔心，我不會抱著你哭！」

這種情況下還不忘開個玩笑，阿使對鬼怪簡直無語，不禁笑了起來。說的也是，不笑難道要哭嗎？

「人們那麼崇拜的神，為什麼我們一次都沒見過。」

阿使充滿埋怨的聲音，飄散在空中。

走進鬼怪的房間，听暐看到什麼都很新奇，在房間裡四下環顧。到處都留有他的痕跡，年代不明的古董裝飾品，隨處陳設。衣架上掛著的各種衣服裡，還有一件長外套。

「啊，這件是和我第一次見面的時候穿的。」

好久不見的欣喜，感謝他那時出現在自己面前。鬼怪的房間如其人，到處充滿著年代久遠、典雅古樸、優美華麗的味道。听晫掃了一眼書架上的書，又走到書桌旁，坐在椅子上。一坐下來，就看到一本很眼熟的詩集。

「啊，我的書！我只是讓他看，又沒讓他拿走。」

隨便抱怨兩句，但看他把自己給的書擺得整整齊齊，心情還不壞。詩集旁邊還有一本筆記本，一看就像是一本重要的筆記，听晫小心地用指尖一頁頁翻過。這是鬼怪寫下來的遺書，不過是用漢字寫的，就听晫而言，不是她能理解的內容。想翻譯一下，每句總有幾個漢字看不懂。死盯著漢字看了老半天，听晫心想總有一天要搞清楚意思。翻了幾頁之後，就看見中間夾著一張壓膜的楓葉。

「沒丟掉呢！還小心保存著！」

剛才心裡還惆悵到怨他的地步，不知不覺間又全都釋懷。

要想早起，得趕緊睡覺才行。听晫還想早起做早餐，為了無家可歸找上門來的自己，鬼怪連房間都讓出來，做個早餐也是應該的。大概和住在姨媽家時沒什麼太大的差別吧，零用錢、做飯、洗衣，什麼都得自己來。既然名義上是鬼怪新娘，所以有什麼能做的，她都想做。

結果第二天早起一看，卻看到兩個人在動手做早餐，連收拾的時候，也只看到碗盤在空中亂舞，直接飛到流理台裡，听晫一點也幫不上忙。

上學前，听晫把從一大早就鬥個不停的鬼怪和阿使都叫了過來。這是她對今後在這個家的生活想了一整夜後，所寫下來的東西。

「呼．籲．書。」

听晫要他們聆聽，兩人都很好奇听晫到底要說什麼，聽到「呼籲書」三個字，他們都是一臉不明所以的表情。

「一、希望不要頻繁下雨，會造成市民們的不便，所以我住在這個家的期間，請一定要幸福。」

邊讀著抄在紙上的文字，听晫邊看著鬼怪。鬼怪一聽就知道听晫想說什麼，對鬼怪來說，以這種方式表達，真是太可愛、太珍貴了。因此，他更捨不得了。把听晫帶回來的同時，他心裡的悲傷，固然是因為听晫，但也不完全是因為听晫。他感到嘴裡一陣苦澀。

「二、有任何不滿，請用說的。」

這次听晫的眼睛轉向阿使，阿使手指指著自己，一臉驚訝。

「不要有動不動就帶我走，或會帶我走，或打算帶我走的事情發生。」

這下阿使才聽懂了听晫的話意，儘管他無法點頭同意。

「三、有急事請聯絡，不要突然出現在眼前。池昕晫 010-1234-1234，順便一提，上課時間不要打，打工時間也不行，圖書館裡我關機。以上！」

乾乾脆脆讀完「呼籲書」之後，昕晫把那張紙用吸鐵貼在冰箱上。把自己要說的話都說完之後，一聲「我去上學了」，打個招呼便自顧自地走掉，只留下鬼怪和阿使愣在當場。

看著貼在冰箱上的紙條，對從沒必要和任何人聯絡的這兩人來說，手機這種東西，他們自然不可能有。她是不是知道他們沒有手機，故意瞧不起他們啊？阿使心裡想。阿使的嘀咕，讓鬼怪決定就此去買個手機回來。

●

午飯時間和什麼人一起吃飯太老土了，昕晫乾脆這麼想，反正她也已經習慣一個人吃午餐，但夾在三五成群嘰嘰喳喳說話的同學之間，有時她也會有種第一次一個人吃飯的尷尬感。昕晫很快地吃完便當，走到電腦教室去。正值午飯時間，電腦教室裡沒什麼人。在角落找了個位置坐下，就打開網路搜尋視窗。

金信，昕晫在檢索框裡輸入鬼怪告訴她的名字，既然他有足以成為鬼怪的苦衷，那麼必然是個了不起的人物。現在這世上，只要檢索一下，沒有找不到的東西。而且檢索結果還真的跳出好幾個人物。眼睛掃過國會議員金信、話劇演員金信，接下來就看到高麗時代武將金信[4]。

「武將……不就是將軍！哇，國家大事。哇，安國興邦。」

除了生於一〇八二年，為高麗武將之外，就再也查不到其他資料。難道他是存在於高麗時期的無數武將之一嗎？听晫托著腮、移動滑鼠。要查找這麼一個存在，也花了不少時間。能查到的也只有類似是鬼怪的存在，和好不容易才知道的一個名字而已，這就是听晫對他所知道的一切。對了，還有那把插在他胸口上看起來很痛的劍。但听晫還想知道得更多，听晫真心希望鬼怪能幸福。像自己一樣，不，比自己看起來更孤單的他，如果能幸福就好了，听晫發自內心期盼。

放學回到家裡，就看到鬼怪翹著二郎腿，悠閒地坐在客廳沙發上。之前鬼怪已經把听晫的房間整理好了，听晫「噠噠噠」的腳步聲響亮地衝上二樓去。儘管鬼怪說只

4 搜索資料結果，韓國沒有名為金信（김신）的國會議員或話劇演員。高麗末期武將金侁，卒於西元一二七四年，與劇情不合。劇中鬼怪可能借用「金侁」生平。

是隨便整理整理，可以住就好，但打開門一看，完全不是隨便整理的程度而已。「哇！」听晫忍不住發出讚嘆。

牆壁上掛的時鐘，排列整齊的書架和書桌，上面還放著小巧可愛的仙人掌，牆上掛了畫作，在在都吸引著听晫的目光。听晫笑得合不攏嘴，這是她第一次擁有完全屬於自己的房間。小時候和媽媽一起住在只有一間房間的房子裡，當然那時候她還不需要自己的房間。後來住在姨媽家，房間的一個小角落算是听晫的空間，而且是京美用不到的地方，才給听晫。眼前這寬敞舒適的房間，則完全屬於听晫。

「這裡是天國嗎？這都是你親自動手做出來的嗎？」

對著跟在身後過來的鬼怪，听晫問，開心得不知該如何是好，鬼怪的心情也頗為愉快。鬼怪聳聳肩，表示這不算什麼。

「這是我抱著親自動手的想法，委託別人做的。」

「喔喔！」

都為自己準備得如此齊全，還這麼沒好氣地回答，果然很像鬼怪的作風，听晫噗嗤一笑。

「那妳休息吧，不要在牆上釘釘子，樓下就是我的房間，妳走路抬起腳後跟走。」

話才剛說完，听晫馬上抬起腳後跟，說：「知道了！」連回答都像在呢喃似的，心情好得不得了。

心情好的人，可不只有听晫。回到房間之後，鬼怪躺在床上，聽著樓上傳來的听晫聲音。雖然她小心翼翼走路時盡量不弄出聲音，但對鬼怪來說，還是都聽得到，因為他正側耳傾聽。聆聽著听晫動靜之間的聲響，鬼怪閉上眼睛。眼睛一閉，就聽得更清楚了。

「她把花盆換了位置，該朝南放才對！」

不知道在忙什麼，听晫的動作不斷。

「看來她很喜歡那張床！」

連听晫在床上打滾，鑽到棉被裡小聲偷笑的聲音，鬼怪也聽見了。

「走出房間了！」

滿足的笑意掛上鬼怪的嘴角，這感覺讓人心動，和在人類背後充當守護神時所感受到的滿足，稍有不同。听晫誠心誠意向他致謝，鬼怪也因此心滿意足。女孩帶著耀眼的笑容看著自己，鬼怪也暫時忘了要結束此生的想法，變得開朗起來，心裡十分得意。

正在寫練習題的時候，就聽到外面傳來小心翼翼的敲門聲。叩、叩、叩，听晫打開房門，伸出頭來看，陰間使者侷促地站在房門前。阿使保證絕對不會帶走听暭，鬼怪也誇下海口，因此自從來到這個家之後，听暭和阿使相處得比想像中更好。但听暭還是一樣，只要阿使喊她，仍會不自覺地感到害怕。听暭自行把敲三次門，聯想到陰間使者要帶走亡者時，都會喊三次名字的傳說，抱著如此的懷疑，她抬起頭來。

一臉嚴肅來找听暭的阿使，來意卻和那截然無關。他想取名字，卻完全不知道該怎麼取，所以才來找听暭。他需要名字，一個女人會喜歡的名字，Sunny問起來的時候，他可以回答的名字。沒有名字，他就無法再去見Sunny。他雖然有了手機，但卻無法聯絡。

「我沒有名字，所以想參考一下，女人們喜歡的男人名字是什麼？」

「叔叔你沒有名字嗎？鬼怪叔叔有名字耶！」

「……是什麼？」

「金信，很好聽吧！」

听暭笑著說，一副很驕傲的樣子。阿使氣鼓鼓的。

「你有想到什麼名字嗎？」

有想到幾個名字，阿使吞吞吐吐地說了幾個名字，听暭看著他，忍不住笑了出來。以前怕他怕得要死，相處之後才確定他沒有想像中那麼可怕，看來因為女人的問題，心裡似乎很忐忑。有哪個陰間使者會為了女人問題如此煩惱，還真好笑，但這位陰間使者卻比世上任何人都還認真。听晫決定特別協助一下這位不會把自己帶到陰間的陰間使者。

「要說到女人喜歡的名字呢，最具代表性的有三個，玄彬、元斌、金宇彬。」

听晫伸著指頭列舉出來的名字，結尾全都是「bin」的發音。喃喃自語專注念著這幾個名字的阿使，最後從中挑了一個——金宇彬，阿使的名字以後就是金宇彬。有了可以向 Sunny 介紹的名字，阿使這下終於可以去見她了。

●

應考生，原來是多麼忙碌又孤單的職業，鬼怪終於有了具體的了解。天一亮就去上學，放學後又要去圖書館，甚至還要打工，一直要到很晚听晫才能回家。等她好不容易回到家，想跟她說說話，就看到房門上不由分說地掛著「學習中」的牌子，想打開門瞧兩眼也不容易。

鬼怪現在只想趕緊拔出劍，趁著回歸虛無的決心崩潰之前，早一天把劍拔出來。然而同時，他的決心也日漸在動搖。如果他真的想拔劍的話，他大可當場打開門，催促听晫趕緊拔劍。但鬼怪卻只在听暐的書桌上、冰箱上、听暐可能會去的地方，以留紙條的方式代替催促。有空幫忙拔劍的紙條，堆滿了听暐四周。

每當听暐發現一張紙條，便噗嗤一笑。先不說紙條上的字跡潦草，倒是寫得十分整齊。是一種可以感受到歲月痕跡的年長者修長的字體，而內容又莫名地令人感到可愛，看來他很想早點變好看的樣子。但對听暐來說，她卻想越晚越好，沒什麼理由，就是這麼想。能多一天是一天，她只想一直做一個對鬼怪有相當用處的存在。

一個人吃完遲來的晚飯，听暐把碗盤都洗乾淨，唰唰甩掉上面的水氣之後，擺到流理台上。在毛巾上擦乾手，一轉身嚇了一大跳，原本空無一人的餐桌旁，鬼怪就坐在那裡。雖然住在同一個屋簷下，听暐太忙了，好幾天沒見上面。

「妳的夢想是什麼？想成為什麼樣的人？」

听暐還撫著驚嚇的胸口，鬼怪扔出一個莫名其妙的問題，不僅壓低了聲音問，還一副頗為誠懇的模樣，听暐都被他搞糊塗了。擺在他面前的咖啡杯裡，熱氣裊裊上升。

「吃這麼多，還不幫我拔劍，天天只知道用功，我問妳的夢想是什麼？」

「廣播電台的節目製作人（ＰＤ），學科考試我都報了那方面的科系。」

「我問的不是這個！妳的理解力那麼差，大學怎麼考得上？」

鬼怪發起火來，听暐在他對面坐了下來。鬼怪一直不停要求拔劍、拔劍的，甚至還追到這裡，听晫也很難再繼續逃避下去。

「剛好我也深思熟慮過，對於讓叔叔變好看的事情，先暫時保留。」

「保留？這真的是妳經過深思熟慮的嗎？」

面對指著她氣到要站起來的鬼怪，听晫費力避開他的目光。

「我怕自己沒有用處，叔叔趕我出去怎麼辦！每次一想到這裡，我的壓力就好大，根本讀不下書。」

「說讀不下書，怎麼還能把零食全都吃完！」

「看吧，看吧！露出真面目來了。捨不得嗎？所以當初我要你給我五百（萬）就解決掉的時候，你答應了不就沒事！」

「嘖，再怎樣說我好歹是那個？美其名是水，是火，是時有時無的那什麼，怎麼做得出現金交易來，多俗氣啊！」

「唉唷，我當然會收得很高端大氣啊！」

鬼怪哭笑不得，只能望著耍嘴皮子的听晫。听晫其實是真心實話，不是在開玩笑。劍拔出來之後，是不是就代表鬼怪新娘的任務結束，這讓听晫很不安。一想到鬼怪要她趕緊拔出胸口上難看的劍，就覺得自己很自私，但也希望他能理解。不然，如果他能告訴自己，就算拔出劍之後，自己也仍然有用，或許自己會安心些。

「話說回來，妳為什麼老是喊著五百？實在搞不懂這金額我才問的，這點錢在首爾連個月租房都租不到。」

「我根本不敢奢望月租房，我只是把成年前輾轉汗蒸房過夜的錢，還有如果我考上大學就要付註冊費，加起來先算二百（萬）。學費我可以申請貸款，再加上各種生活開銷精確計算之後，就算出這個金額。你搞不懂的那五百（萬），對我這個窮人來說，可就像五億一樣沉重，可以了吧？」

聽完听晫細數怎麼算出五百（萬）這數目之後，鬼怪心情沉重，再也問不下去。听晫嘴裡出來的每一句回答，都讓鬼怪感到心酸。過去想稱讚她難能可貴，卻都說不出口，只有一次抬手摸了摸她的頭。今天卻連這動作都做不出來。

阿使從暫時開不了口的鬼怪身後經過，從冰箱拿出飲料，嘴裡嘀咕著。

「給她……五百（萬）！你怎麼到現在都還沒給，無情人！」

鬼怪的耳朵裡根本沒聽到後面的話，「給她五百」，他清楚地想起之前听晫把「五百」聽成「告白」，嚇了一跳。自己還真的聽成「給她告白」呢！

「你發音正確一點，害我嚇一跳！」

「他說，給、她、五、百！」

「妳去看書。」

不理亂發脾氣的鬼怪，听晫撇撇嘴從餐桌旁站起來。

（差點聽成告白啦！）響亮的聲音和「告白」這個詞，不停在耳際回響，鬼怪滿腦子漿糊。

選擇

逃避鬼怪拔劍的要求，也是有限度的。初雪還沒來，這成了听暐如今唯一剩下的藉口。在那位叔叔如願以償變好看、說出「以後不需要妳」的話之前，听暐期盼能出現一個自己還有其他用處的理由。

沒有顧客上門的炸雞店裡，坐在愁容滿面的听暐面前的，依然是嚼著爆米花、瞪著手機看的Sunny。她在等一個電話，但這電話卻怎麼也不打來。一個無名無姓、穿著黑衣服、一臉蒼白的男人。

「那個，老闆！」

雙眼直瞪著手機的Sunny抬起頭來看著听暐，听暐遲疑了半天，最後輕輕嘆了口氣。說到朋友，听暐只有一個在圖書館裡認識、穿著校服徘徊的女鬼，而且那裡也不適合傾訴煩惱。但如果是Sunny的話，雖然是老闆，卻像姊姊一樣，應該可以解決听晫的煩惱吧。

「就是……您對早婚有什麼看法？」

「男的幾歲，十九？二十？」

「還要……再大一點。」

「大能大到哪裡去。人怎樣？」

「嗯……他總是書不離手，在音樂和繪畫方面也很有造詣，以前還參與過國家大事。」

「我不是問這個，我是問他對妳怎樣，對妳好嗎？」

只是問個理所當然的問題，听晫卻有種絆到石頭的感覺。

「目前還好，因為他還需要我……」

「那妳呢？妳喜歡那小子？」

「啊，沒啦！」

「那小子呢？那小子喜歡妳？」

「不喜歡……」

「你們倆都不喜歡，這婚為什麼要結？」

卡滋卡滋，Sunny 嚼著爆米花。听晫覺得很丟臉，只有對彼此好、喜歡彼此的人，才能成就姻緣。說的也是，他倆毫無理由結婚，只要剝除纏繞在他們身上的宿命線團，他們之間就一點關係都沒有。當听晫重新領悟到這一點後，意外的是，她的心情很平靜。叔叔不喜歡自己，一開始是，不過現在大概是看自己可憐吧，因為他名副其實，就是一個心軟的神。但明顯他對身為鬼怪新娘的她，依然一點興趣都沒有。

（如果需要的話，我愛妳！）

冷漠，彷彿在讀一本深奧哲學書般，鬼怪木然吐出的聲音，壓迫著听晫的頭腦。即使整理完炸雞店出來，回家的路上，听晫鬱悶的心情仍未稍減。

「我才不需要呢，那種愛！叔叔你最好也不需要，不然看我會不會幫你拔劍！」自言自語地，听晫從書店前面走過。

躲在書店後方的鬼怪閃身而出，注視著听晫一個人嘀嘀咕咕走回家的背影。鬼怪反身打開書店裡面的門，這扇門可以讓他更快一步到家。

如果問鬼怪為什麼在听晫會經過的路上徘徊，等著听晫來？鬼怪自己也說不出個所以然來。若堅持要他舉出理由的話，第一個理由就是擔心。擔心班上同學會不會又在听晫背後竊竊私語，擔心會不會有別的地下錢莊的人出現，綁架听晫。不管怎樣，此生在他還活著的時候，他想成為听晫的守護神。

噠噠噠飛快回到家之後，鬼怪裝作若無其事地坐在沙發上，彷彿從一開始就坐在這裡，隨便拿了一本書，正翻著書頁的時候，昕暐到家了。習慣性地說一聲「我回來了！」，昕暐低聲打招呼。

鬼怪故意翹起二郎腿，裝模作樣，但昕暐連看都不看鬼怪一眼，飛快地走到阿使那邊，揚起了一陣冷風。昕暐的行動讓鬼怪頗為錯愕，但他不能表現出驚慌的神色，只能在一旁看著阿使和昕暐相處融洽。

阿使正在摺衣服，昕暐在他身旁坐下，順手幫忙摺，故意忽視鬼怪想吸引注意，在四周梭巡的眼光。明知道是自己在鬧彆扭，鬼怪一點錯都沒有，但昕暐就是不想看他一眼。不！他有錯，都怪他讓自己心情如此鬱悶。

阿使看了一眼鬼怪，又不是要幫忙摺衣服，卻在周圍晃來晃去。再看一眼昕暐，這兩人為了五百（萬）吵架啦？阿使能猜想的，也就只有這種程度而已。難以忍受這兩人之間的緊張氣氛，阿使對昕暐說：

「妳那條圍巾，我好像在妳九歲的時候也看過，是同一條吧？」

「喔，對！我媽留下來的。我媽以為我看得到鬼，都是因為脖子上的這個烙印，以為用這個遮掩的話，大概就不會再看到，所以從我很小的時候，就一圈圈圍在我脖子上。其實一點用都沒有，不過我也已經習慣了……現在這個的感覺就像我媽。」

這只是阿使想打破僵硬的氣氛，隨口問的一個問題，听晫卻回答得這麼詳細，陰間使者有點愣住。一旁聽著的鬼怪也愣住了，莫名感到抱歉。阿使又一次對鬼怪說：

「給她五百！」

「老是叫我告白什麼，你這人！」

又聽錯了！阿使和听晫充滿錯愕，抬頭望著他的眼光，明明白白告訴鬼怪，他又聽錯了！然而覆水難收，他只能尷尬地撓撓頭。

「每次問妳什麼，妳就一堆苦衷。嗄？那誰還敢問妳什麼？」

惱羞成怒之餘，就把氣發到無辜的听晫身上。听晫充耳不聞，只顧和阿使說話。上次說到女人會喜歡的名字，她很好奇阿使取了沒？

听晫的視線一回到阿使身上，鬼怪為了博取她的注意，就說起了大學啦、廣播電台節目製作人的話題。然而，在他「這樣下去考得上大學嗎？成得了節目製作人嗎？」的毒舌之下，只引起了反效果。

听晫用力地咬著下唇。

「叔叔如果你名字還沒取好的話，朴寶劍如何？朴寶，劍！」

「什麼，劍？妳說看得到劍，我才哄著妳，結果妳卻越來越得寸進尺！」

「真是！我都是因為什麼人才有這胎記？因為什麼人才看得到鬼？」

听晫把手中的衣服一扔，站了起來。今天心情不爽，他卻還打算讓自己不爽到底的樣子。原本還想著暫時先不理他，等自己心情好些之後再說，但這人卻一點也不懂體貼，還在一旁說風涼話，听晫怒視著鬼怪。

鬼怪也很冤枉，他無法理解听晫為何突然不理他，難道真的是因為五百（萬）的緣故嗎？要不要給她五百（萬）算了？如果听晫知道鬼怪腦子裡只有這種想法，一定會覺得更鬱悶！

鬼怪快步靠近听晫身邊，一把撩起听晫的頭髮。鬼怪突然的親近，讓听晫身體為之一僵。

「這烙印怎樣？好看得很！」

「叔叔……你剛才甩我頭髮嗎？難怪會被人一劍穿胸。我就說嘛，一個人那地方會被刺進什麼東西，一定是有原因的。」

「妳怎麼可以這麼猛力地刺人要害？心理變態嗎？」

「叔叔以為自己一開始不是這樣嗎？『妳不是鬼怪新娘』，『不要活在傳聞裡，要活在現實中』。你還覺得自己沒用力，只是軟軟地戳了兩下嗎？」

「我是為妳好才說的，為妳好！」

兩人互不相讓一來一往的吵嘴，有逐漸轉為激烈的態勢。夾在中間的阿使，只能一臉尷尬地看著。听暐也打算趁這機會撂盡狠話，因為自己對鬼怪也有很多意見。

「你要是為我好，就替我找男朋友！打工、姨媽一家、男朋友！哪有你這種守護神的，根本就沒有實現，男朋友！」

「不就在這裡，男朋友！」

「這裡是哪裡？」

「這裡！妳面前！我！」

剛才還吵得不可開交的兩人，下一瞬間都沉默下來。客廳裡一片靜寂，兩個剛才還互相怒視的人，這時都互相逃避對方的視線。這情況就像在上演「夫妻沒有隔夜仇」似的，阿使蒼白的臉孔整個皺了起來。

跑回二樓的听暐，砰的一聲飛快甩上門，靠在門板上喘氣，心臟跳得太厲害了，鬱悶什麼的，現在一點都想不起來。剛才鬼怪說的話，全鑽進她耳朵裡，說得那麼大聲，一個字一個字，全都鑽了進去。

「神經病，說什麼我男朋友。真是的！誰准你這麼說的？你喜歡我嗎？哼，莫名其妙！」

兩頰通紅發熱，明明是秋末，都快接近冬天了，還這麼熱。听暐用手搧著風，費力想讓熱潮降溫。

閃回自己房間飛快關上房門的鬼怪，也同樣驚惶失措。這是他九百年來第一次失言，嚴格來說，應該不是男朋友，而是丈夫才對，這部分似乎有必要更正。

「真叫人難堪！」

嘴裡說著難堪，鬼怪嘴角卻勾起一抹微笑。

第二天在客廳裡又碰個正著，兩人都心虛地不敢正視對方。男朋友，什麼男朋友啊！听晫雖然嘴裡不停叨念，但乍然再見到他，又忍不住臉紅心跳，假裝要去喝水走了幾步，鬼怪卻叫住她。

「池听晫！」

被點名的听晫，只好轉過身來。明明是鬼怪自己喊住听晫，等人家轉過身來，他卻又一副若無其事的模樣，眼睛看著天花板。

「好尷尬！」

好不容易擠出來的話，就這一句。聽鬼怪這麼說，听晫也坦白承認。

「我也是！那我就很自然地說肚子餓了，可以嗎？」

「好啊！那我也試著很自然地問要不要去吃牛肉？」

紅撲撲的臉蛋笑了起來，听晫點點頭，動作飛快。

「我穿件大衣馬上出來。叔叔也去穿衣服。」

「我早穿好了！」

跟著鬼怪走出大門，馬上就進入餐館，每次都讓听晫對這本領讚嘆不已。這麼輕易就再度踏上異國土地，听晫無意掩飾自己的好心情，肩膀自然地聳動起來。看著這樣的听晫，鬼怪的嘴角也勾起淡淡的笑容。

「再這麼下去，我們就成了熟客啦！上次我們坐在那裡。」

指著上次來時坐過的座位，听晫壓低聲音輕快地說。侍者迎了上來，大聲招呼，對著常來的鬼怪更表現出親暱的態度。隨著距離的拉近，侍者的衣領擦過鬼怪的手背。

鬼怪眼前景象飛快轉了一圈。

同樣的地點，餐館正中央的那張桌子旁，听晫就坐在那裡。什麼都一樣，卻又有哪裡不同。听晫的穿著打扮不同，她身上穿的大衣不是天青色，而是深駝色。短短的頭髮，看起來十分端莊。手機一響，一臉高興的听晫就接了起來。鬼怪只是愣愣地瞧著這光景。

「就是啊，我哪裡來過外國。」

——我說啊，妳幹嘛在逢九的年齡出國？我二十九歲的時候，連家門口的超市都不去。

「真的？」

——對啊！因為沒人約。

短短的頭髮下，露出修長白皙的脖頸。沒有任何烙印痕跡，頸子乾淨無瑕的听晫說，自己是第一次到外國來。

鬼怪這才領悟到，這不是十九歲的听晫，眼前的短髮女郎，是二十九歲的听晫。

「可是我一點也不像第一次到外國的人，到處亂跑。只有稍微迷路，吃飯也沒餓到肚子，還吃得下一大塊牛排。其實，我是跟某個男人來一家很棒的餐館。」

——餐館棒有什麼用，要男人棒才行。睏了，掛電話。

通話的對象是Sunny，Sunny的話讓听晫忍不住發笑，看起來心情很好的樣子。結束通話後，她的視線轉向正朝她走過來的某個人揮手。

「代表，這裡！」

听晫笑得十分燦爛。

從那笑容中，鬼怪可以知道，二十九歲的听晫生命裡，並沒有自己的存在。鬼怪被抹殺了，完完全全的！

被侍者遮住的餐館景象，又再度顯現出來。

鬼怪視線中未來景象出現的時間，在實際的現實裡只是一剎那。正盯著菜單看的昕暐，低垂的脖頸上清楚顯露出鬼怪的紋樣。昕暐抬起頭問他要吃什麼，看著鬼怪詢問的昕暐，與開心對著某個人揮手的昕暐，身影重疊在一起。

（二十九歲的妳，還是一樣耀眼！但妳身旁……卻沒有我！我這一生終於還是……結束了永生。在我死後，在那時間過後，妳依然還坐在這裡。我消失之後，妳的人生也做到了，將我遺忘殆盡。）

與昕暐相處的場景，如書頁般一頁頁翻過。伸手接過蕎麥花束的昕暐；說著我愛你、帶笑告白的昕暐；遠遠朝著坐在噴水池前面的自己跑來的昕暐。每翻一頁，站在那位置上的，和昕暐面對面的自己，就消失不見。

（我該消失了，為了笑靨如花的妳，這是我必須做出的選擇——結束此生。）

一直以來的決心也被抹消掉了，只餘一張空頁，上面一片空白。

「最後，我還是做出那個選擇！」

淒涼的一句呢喃，正看著菜單的昕暐抬起頭來。他挺直的鼻梁上，滿是陰沉感。

燦爛時刻

在看菜單點餐前，一切都還好。但若說女高中生看到一片落葉就咯咯大笑的話，鬼怪的心就是連一陣風吹來也會改變。直愣愣望著自己的鬼怪，下一瞬間對待自己的態度就變得如冷風吹過般冷冰冰。听晫有點手足無措，連牛排切了是用嘴吃掉，還是用鼻子吃掉都不知道。

回家換上睡衣之後，听晫敲了敲鬼怪的房門。總要知道理由，才能忍受冰冷的對待吧！每次都這麼喜怒無常，自己總不能一直受氣。叩叩，即使敲門聲響起，房內也不見任何回應。明知道他就在裡面，卻故意不發出一點聲音，听晫的自信又快要跌落谷底。遲疑了一下，她又叩叩，再敲了兩下門。

看來是堅持不出來，听晫長長地嘆了口氣，轉身要上樓回自己房間，身後的門這才終於打開。鬼怪在听晫都已經放棄、想轉身回去的時候，才為她開了門。

剛才，他靜靜地躺在房間裡，惦量著听晫的動靜，鬼怪已經看了二十九歲的听晫數十遍。

「幫我拔劍，現在。拜託妳！」

听晫的臉龐蒙上一層陰影，眼前貼靠過來的鬼怪，一開口又要求自己拔劍。

「突然出來說這什麼話，剛才我敲門的時候，你都不回應一聲。」

「我這不是出來回應妳嗎？我想就此結束。」

「什麼？」

「以為自己還有選擇餘地的想法。」

「剛才你說『最後還是做了』的選擇，是指那個嗎？那是什麼選擇？說清楚你到底做了什麼選擇？」

站在客廳裡，兩人之間的氣氛緊張，情勢緊繃。

「只准回答，不准提問。」

「很抱歉，我的調查還沒結束，沒辦法那麼做。」

「什麼調查？」

「我用叔叔的名字查找了一下，在網路上！有關生涯、職業之類的，什麼都找不到。就像當初有人特意抹消了似的。」[1]

真是沒事找事幹，之前查過鬼怪，現在查自己的名字，鬼怪眉頭一皺。

「妳在暗中調查我？」

「也不算暗中調查，就是調查了一下。心裡有些記掛的事情，就想查一查，看能不能排解一下，所以才那麼做的。叔叔，你之前不是跟我說過，『妳如果在我身上發現了什麼，一定會埋怨我。』[2]」

「……」

「那個『什麼』，就是劍吧？我發現那個，也不會埋怨叔叔。但你清清楚楚說我會埋怨，就表示還有什麼是我不知道的，所以啊！而且你也說了，那劍，是一個你相信絕對不會那麼做的人做出來的事情。那麼難道叔叔……做了什麼壞事，所以在歷史中被抹去痕跡？如果是做了壞事被懲罰的話，那我幫你拔劍就有點那個了。叔叔，你是不是犯了……謀反罪什麼的？」

果然是成績好的學生，能做出如此合乎邏輯的推理，只是聽了讓人心裡不舒服。鬼怪毫不掩飾心裡的怒氣，沉著一張臉不說話。听啅也知道自己現在是在賣力找藉口，

---

1 從這句話裡應可推測劇中電腦視窗上應是借用高麗末期武將金侁生平。而金侁在歷史上有清楚的生平記載。
2 事實上，這句話小說裡只出現這一次。

雖然並沒有想要揭人瘡疤的意圖，但心裡實在著急。除了拔劍之外，她還沒找到自己存在的其他價值。

听暐想成為一個多多少少有點價值的存在，雖然自己一個人也能好好地生活，但若問：「為何如今想成為對這叔叔有點用處的人？」暫且可以舉出幾個答案。他是她從小就苦苦等待至今的唯一希望，是可以給她一個家的存在。最重要的，她想留在他身邊。如果孤獨長大的自己，能陪在孤單的他身邊，兩人合而為一的話，或許那畫面會顯得不那麼悲傷。

兩人互不相讓中，還是鬼怪先嘆了口氣，開口說話。

「嗯，妳說的沒錯！」

鬼怪一口就承認了，這反而讓听暐心懷愧疚。一個自己相信絕對不會那麼做的人，卻被那個人的劍刺穿，這就是背叛。如此一劍穿心的背叛，絕對痛徹心扉，實際上也一定很痛，流了很多血吧。

「我這輩子都在出生入死，是一段沒有被載入史冊的歲月。一心保衛國家，卻連死亡都蒙羞。」

他的聲音裡透著深深的悲哀。听暐啞然望著眼角濕潤的他，在心裡怪自己太過心焦，犯了大錯，愧疚之下，什麼話都說不出來。

「我以為朝著王走過去就行，沒想到於事無補，但我還是走了過去。我每踏出一步，就有無辜的人隨之喪命。我罪無可逭，至今仍受懲罰。這劍，就是懲罰。」

所以我才要妳為我拔劍，鬼怪說。听晫被他的悲哀所同化，自己彷彿也被什麼刺穿了般，胸口痛了起來。

「但，就算是懲罰，受了九百年還不夠嗎？」

「不是的，這不可能是懲罰。」

听晫搖著頭，把手搭在鬼怪的手臂上。他的眼淚奪眶而出，這是充滿殷切的淚水，活了九百多年歲月的他所流下的眼淚，光看就倍感鹹澀[3]，比大海還悲傷。

「神不可能將那種能力作為懲罰賜予你，如果叔叔是罪大惡極的人，是一個真正罪無可逭的人，那麼就只會有鬼怪的存在，神不可能讓你遇見鬼怪新娘，讓她為你拔劍。」

白皙柔軟的手指，擦過鬼怪的臉頰。

「雖然不知道鬼怪究竟是怎樣的存在……但我相信叔叔是受到恩寵的，真的！」

如果是神把作為鬼怪新娘的听晫送來給他的話，或許他是真的受到恩寵。鬼怪首

3 짜다「鹹」，也有「苦澀」之意，為了配合後面的大海，就用了鹹澀來形容。

次有了如此的想法。撫在他臉上的手指，好溫暖，第一次受到這種安慰，鬼怪忍不住放慢時間。他遺憾無法將流逝的時間一把抓在手裡，接近千年的生命多麼孤單，此刻亦如是。但這瞬間，卻是孤單又燦爛，女孩生疏的安慰和笑容，燦爛地照射在鬼怪身上。

「其實我所說的壞事，也就是愛上王的女人，被王下獄這種版本而已，說成謀反，實在很抱歉。」

「那麼現在，可以讓我變好看一些嗎？」

淚眼迷濛看著提出要求的鬼怪，听晫擦擦自己眼中流出的淚水。但眼淚卻一直流個不停，活了九百三十九年，站在自己面前的鬼怪，實在太可憐了。

「喔，那可不行！唉，王真壞！叔叔這九百年的日子裡，每天都是那麼想的嗎？那麼這九百年每天都很迫切吧？唉，叔叔太可憐了！我好難過，先讓我哭個痛快。你每天光說不練怎麼行，叔叔難道不覺得自己都沒努力要變好看嗎？」

听晫哭個不停，覺得鬼怪好可憐，一副「你要什麼我都給你」的模樣，但對鬼怪的要求，卻堅持不允。

「什麼？」

「你都聽到了啊！我也可憐過，所以我知道，一個人不幸的時候，具體的幫助會比同情更受用。啊，我該去打工了。」

「喂！」

「我打工回來前，叔叔好好想想，我要的是什麼？唉，比我還可憐……我會幫你出氣的！」

昕暐嗚嗚咽咽的，把鬼怪丟在身後正想溜走，鬼怪趕緊追了上去。

「妳想要什麼，錢、房子、寶石之類的？」

「你覺得是那些嗎？」

「不是？還是『如果有需要，我也可以做到』的，那種？」

「什麼『我愛妳』嗎？你就想不到買一間房子堆滿寶石，充滿愛意地送給我嗎？」

真是荒謬，這下反而變成鬼怪催著昕暐趕緊出門打工。流了半天眼淚，看來一點用都沒有。昕暐嘟著嘴說「我早就說過了，只是叔叔不知道而已」，就走出大門。

被單獨留在家裡的鬼怪，躺在自己房間的大床上，反覆咀嚼昕暐的話。既安慰了自己，也陪著哭了一場，就是不肯幫他拔劍。為什麼結果會變成這樣，他一點也不明白。鬼怪回味著和昕暐在一起，短暫卻又漫長的時光。

（我住在這個家的期間，請一定要幸福。）

突然想起昕暐朗誦的呼籲書，還有嗚咽著說鬼怪比自己可憐的池昕暐。他似乎隱約捉摸到昕暐對自己抱持何種情感，與其說她把他當成是一個完美無瑕的守護神，應該說是類似听晫自己，一個孤獨的守護神吧。

「如果妳最想要的是那個的話，還真令我為難！」

鬼怪閉上眼睛，腦海中又浮現听晫二十九歲的模樣。自己不在那地方，听晫的未來裡，沒有自己的存在，听晫笑得好幸福。幸好如此！因為自己想死，會死，也必須死。

「代表，這裡！」

即使如此，听晫的未來沒有自己，听晫在那地方微笑望著不是自己的另一個人，這事實讓鬼怪突然火冒三丈。

●

冬天倏忽而至，街道上寒氣逼人。鬼怪在巷口徘徊，向前走幾步，又向後退回來等在原地。名義上不是在等，而是吃完中飯出來散步，但他的眼睛卻一直觀望著听晫會走來的路。又看了看手錶確認，這個時候，听晫應該已經結束打工，經過這地方才對，他伸長脖子遠遠看著巷尾的地方。

穿著一件深藍色雙排扣大衣，配一條牛仔褲的听晫，剛好走來，耳朵裡插著耳機，手上拿著單字本。听晫低著頭，專心背單字，表情十分認真。鬼怪望著听晫走路不看路，還擔心她出了事情怎麼辦，嘴角卻不自覺地勾起微笑。鬼怪手插在口袋裡，就等著听暐經過自己面前，但專注背著單字的听暐，步伐緩慢。鬼怪的表情逐漸淡去。

生向我走來。
死向我走來。
是生，亦是死的妳，毫不厭倦地走過來。
那麼我，也只能這麼說。
我一點也不委屈……
這樣就夠了……夠了……

鬼怪帶著恍惚的笑容望著听暐，听暐抬起頭來，兩人的視線擦出火花。听暐沒有移開視線，只是拔下耳機，將單字本放入口袋，快步走向鬼怪。听暐小跑似地朝自己輕快走來的腳步聲，彷彿是踏在鬼怪心裡一樣，成了心臟跳動的聲音。鬼怪的心臟發出咚、咚的響聲，讓他知道自己還活著。

「在這裡做什麼？」

走在路上能遇上鬼怪，听暐顯得非常高興，對著他露出一個笑臉。剛才打工的時候，她也想了很多他的事情，叔叔流下的眼淚，九百年的歲月之類的。听晫的心裡還喟嘆，真是痛了好長一段時間，一個人淚水橫流。若真是為他著想，也應該幫他拔出劍來才對。但一轉念，又怕幫他把劍拔出來之後，他卻迎娶了不是自己，而是別人的真正新娘，那怎麼辦？什麼亂七八糟的事情都擔心，听晫就這樣過了好幾天。

鬼怪的眼睛望著稍微遠一點，最初發現听晫的地方。听晫伸手在他眼前揮了揮。

「……看到了。」

「什麼？」

「妳走過來。」

「看了這麼久？還有點感動呢！」

听晫笑臉燦爛，兩人並肩踏上回家的路。

「不過，看了這麼久，看出什麼了嗎？以前你不是說過，我身上看不到我的二十歲、三十歲。現在還是一樣嗎？」

「從妳身上看不到，一般起碼能看出吉凶禍福才對。」

「原來如此，大概是因為我是漏網者的關係吧。我的存在本來很微不足道，現在變得特別起來，因為我的未來，由我創造！」

鬼怪沒有說，他所看到的二十九歲的听晫，不是透過听晫看到的未來，而是透過一直在那裡送往迎來的侍者，才勉強看到昕暐的未來。

「別擔心！我哪可能每天都傷心？我現在是虛心接受命運安排，勇敢堅強的鬼怪新娘！」

這就成了一對勇敢堅強的鬼怪和鬼怪新娘，鬼怪噗嗤一笑。但不管怎樣，昕暐還是人類，總會對自己的二十歲、三十歲感到好奇。若說以前是因為前途一片黑暗而想預先知道的話，現在是因為懷抱著希望。

「妳會一直就這麼長大！」

「什麼？」

「一直這麼漂亮。」

昕暐很感激鬼怪稱讚自己漂亮，但她隨即想起鬼怪說過，他要找的不是漂亮的人。沒錯，自己是鬼怪要找的新娘，現在他又說自己漂亮，昕暐有點害羞起來。

「你怎麼知道？總有一兩天不討人喜歡的吧。」

「也可能是一個月、兩個月。」

明明話說得好好的，他就非要抬槓不可。昕暐翻了個可愛的白眼，連冬風也可愛地，沒那麼冰冷地，吹過他倆身上。

「不過話說回來，叔叔在當人家守護神的時候，有什麼標準嗎？」

「沒有，全看當時的心情。大人和小孩當中，我主要幫助小孩。因為當我被世人所遺忘的時候，第一個向我伸出手的，就是一個孩子。」

「啊……那你那時候為什麼要救我媽？她是大人啊？」

「那時我喝了酒，一時心軟，而且妳媽要我救的，也不是她自己。」

听暭當場愣住，不敢置信地眼淚就掉了下來。她原本很少哭，但最近卻動不動就掉眼淚。不過這不是因為悲傷才哭，而是因為意料之外的事實撞入听暭心中，讓她喜極而泣。原來媽媽為了救我，曾經多麼迫切地祈求過。听暭深深感激母親對她的愛，也感激鬼怪出現在迫切祈求的母親身邊。

「原來回應祈求的，其實是叔叔……，這簡直像個奇蹟，我一時高興……」

所以听暭才成了鬼怪新娘。在她的生活裡，傷心事一定比快樂事多很多。現在只不過是一些她得到過的愛與奇蹟，就讓這孩子喜極而泣，真令人憐惜。「摸摸頭」，有這句話吧？但鬼怪不懂得輕輕地摸摸頭，總是使勁按壓听暭的頭，用他大而溫暖的手掌。

「我說，摸頭不是那樣用力按的，要像這樣一下一下輕輕撫摸才對。」

自己臉上還掛著眼淚，听暭卻對這沒能好好安慰自己的鬼怪，展現出一個笑容。然後踮起腳尖，抬起手輕輕撫摸鬼怪的頭。面對听暭突如其來的動作，鬼怪全身僵硬。

「看來就是今天吧，那一兩天不討人喜歡的日子。」

教訓兩句之後，鬼怪邁開大步先走掉了。

第二天早上，從房間裡走出來的听暐，看到立在客廳裡的大樹，眼睛一下子睜大了。原本種在院子裡的一棵杉樹，被移到客廳裡，成了一棵聖誕樹。環繞在聖誕樹身上的飾品，和放置在聖誕樹頂端的黃色大星星不停地閃爍，深深吸引了听暐的眼光。鬼怪掛好所有裝飾後，才突然發現從樓上下來的听暐，顯出一臉邀功的表情，看起來就像個想得到稱讚的孩子般，听暐不禁想笑。

听暐的雙眼閃閃發亮，圍著聖誕樹轉來轉去，不停稱讚好漂亮，卻突然靜了下來地望著鬼怪。

「之前我只考慮到我自己，真的很抱歉。」

池听暐竟然會道歉，鬼怪滿臉驚訝。听暐說，圍著聖誕樹轉的時候，她下定決心自己應該為鬼怪拔劍。鬼怪從沒想到，听暐嘴裡會先說出拔劍的話來。

昨天回來的路上，听暐看到聖誕樹隨口說了一句好漂亮而已，今天一睜開眼睛，家裡就多了一棵聖誕樹。有太多該感謝鬼怪的事情，她不能再因為自己的貪心，推延這件事。

「以前我擔心會真的被趕出去，而且我一說不幫忙叔叔拔劍，叔叔苦苦哀求的樣子也很好玩。我也怕叔叔變好看了以後，和別的女人交往怎麼辦。」

昕暐說的話，鬼怪現在已經能大致理解，他沒有回答，只是繼續聽下去。

「你怎麼沒說『不』呢？」

「我該說嗎？」

「哼，小氣鬼！反正我也沒抱什麼希望。總之我已經得出結論，我會讓你變好看的。像叔叔這麼好的人拜託的事情，自然不會出現壞結果。」

也就是說，她信任自己。昕暐的信任從何而來，鬼怪一知半解。昕暐在不知不覺中說自己是「好人」，鬼怪神情一暗，他不知道自己最後在昕暐心中，是否還能留有好人的印象。

大概不會吧，他對昕暐有所隱瞞，也很擔心昕暐能否承受得了拔劍之後的事情。如今，昕暐同情自己，也感激自己，覺得兩人同病相憐，所以喜歡自己。然而，自己是自私的鬼怪，只想在變得想多活點日子之前，結束此生。因此鬼怪扯不出笑容來回應昕暐的微笑。

「你想在哪裡變好看？漂亮的聖誕樹前面？」

「現，現在？今天？當場？」

「嗯，一勞永逸！」

心理上的準備，昨天也做了，前天也做了，大前天也做了，這都不知道是第幾天了。每次他哀求听暐幫他拔劍的時候，都做好了心理準備。但現在，就算一秒也好，他也想推遲。因為他擔心自己，也擔心這孩子。情急之下，鬼怪連忙從口袋裡掏出手機，對著根本連響都沒響的手機「喂喂」地回答，做出現在要接電話不方便，以後再說的姿態，慌忙離開。

鬼怪連手機都拿反了，還假裝接電話離開的模樣，听暐看了覺得好笑。

鬼怪順路就過去阿使送亡者上路的茶館，匡啷一聲，茶館大門被推開了，把正在處理文件的阿使嚇了一跳。鬼怪的臉色很難看，蒼白得像是快暈倒的樣子。

「你幹嘛，死了嗎？」

「先演練一下！她說要幫我拔劍！」

「她一定不知道實情吧？拔劍所代表的意義。」

「……我說不出口，她好像很喜歡我的樣子，真令人擔心！」

剛才還認真垂詢的阿使，整個臉皺了起來，這人到底是真的擔心，還是在炫耀听暐喜歡自己啊？

「那你是來找我同樂呢?還是來找我抬槓?」

「你啊,你是不知道情況才這麼說。她超級喜歡我的,一見到我就說愛我,要嫁給我。哼,你知道我有多困擾嗎?你什麼都不知道。她沒理由不喜歡我啊!」

充滿自信大聲說話的同時,鬼怪的眼神卻有點動搖。其實他也不確定听暐是不是喜歡自己。可憐的叔叔,令人感激的叔叔,是不是僅此而已,鬼怪也不知道。那其實不重要,因為听暐的未來沒有自己的存在。

「為什麼沒有,年紀差這麼多!她一考上大學,年輕好看的男孩子多得是。」

「區區九百歲而已,算什麼!」

「你怎麼老把年紀說小?明明就是九百三十九歲,好嗎!」

「我告訴你,我其實是年尾生的,比原本年齡小一歲[4]。」

結果兩人都忍不住笑了出來,其實也沒什麼多好笑的事情。和陰間使者相視而笑的鬼怪,聲音裡多了份平靜,低聲說:

「……還是再一次疏遠她嗎?只有她能讓我死,但她卻總讓我想活下去。很可笑吧!」

一直在等待死亡,死亡真的來了。但一見到死亡,他卻又想活下去,再多活一下。

「你別搞錯了,沒她的時候,你也活得好好的。」

「是嗎？可是我怎麼一點都想不起往事……」

將近千年的時間裡，他活得那麼鮮明、亮眼、燦爛的時光，卻彷彿一刻都不存在似的，反而覺得此時才是最耀眼的時刻，只要听晫一笑……。

每一瞬間，都深印腦海；每個剎那，都記憶猶新。听晫喊著「叔叔」的聲音，在耳邊迴盪。高興的聲音、沮喪的聲音、哽咽的聲音……從第一次見面到現在，听晫喊過的所有聲音，他都記得。但他還是得離開，這取決於听晫，其餘他唯一能做的事情，就是死亡。

「別再喊了，別再喊我了，池听晫，讓我走吧！」

喃喃自語地抗拒，耳邊仍傳來听晫喊他的聲音。他做夢也沒想到，那在防坡堤上嗚咽著埋怨神的孩子，會成為自己的牽掛。人生，總充滿了變數。

「叔叔！」

隨著敲門聲響起，听晫真的在喊自己的聲音也傳了進來。鬼怪靠在門板上聽著那聲音，又開始了。劍在鳴，重生之後，這劍只是插在胸口上，不會給他帶來任何肉體

4　韓國一般算生肖虛歲，年尾生的孩子平白就會多了一歲。

上的痛苦，至少在他遇上鬼怪新娘昕暭之前。

遇見昕暭之後，劍便開始嗡鳴，他不知道這究竟是因為遇上新娘，還是因為他想活下去。插在胸口上的劍一鳴，痛苦便急襲而來。怕呻吟聲外洩，鬼怪用手背緊摀著口，昕暭呼喚他的聲音變得越來越遙遠。

因為天氣好

現在真的要幫他拔劍了，鬼怪卻彷彿從未追著她哀求拔劍似的，忙著躲避昕暐。還說什麼想變好看，幾天的時間就這麼過去了。望著陰沉沉的天空，昕暐嘆了口氣。一輛原本停在校門口前的黑色汽車，對著昕暐猛按喇叭。昕暐喜出望外還以為是鬼怪，結果看到從車上下來兩名地下錢莊業者，她嚇得直往後退。

「同學，妳怎麼可以離家出走，太危險了，妳姨媽很擔心啊！上車，快！」

是上次綁架過昕暐的地下錢莊業者，姨媽拿了房子押金跑路之後，這兩人又找上昕暐。昕暐還想逃跑，那兩個地下錢莊業者卻爭先恐後地跑過來想圍堵她，結果兩人撞在一起，彼此怒視，原先計畫好的事情變得亂七八糟。昕暐雖然不明所以，但也算是有了逃走的機會，深感慶幸。

就在兩名地下錢莊業者還在互相咆哮之際，昕暐趕緊轉了方向，但眼前卻出現一名中年人。

「妳認識那兩個地下錢莊的人？」

是金祕書，劉會長親信中的親信，負責監視冒冒失失的德華，每次和德華見面，總能發現如影隨形的他。

「唉唷，嚇我一跳！您好！啊，那個，每個人都會認識一兩個地下錢莊的人……」

「妳知道我是誰？」

「與其說知道，不如說我看到了，您跟蹤德華哥。」

也不像躲著跟蹤的樣子，只是盡量避免讓德華看到而已。梳得一絲不苟的頭髮，令人印象深刻，一板一眼的語氣，像個石頭似的。即使如此，碰上認識的人，還是讓听暐感到安心。

「不過您怎麼知道那些是地下錢莊的人？」

「我也曾經開過地下錢莊。」

「嗄？」

「什麼地下錢莊的人啊，都多大年紀了還在女校前面打架。」

金祕書掏出手機，報警說地下錢莊的人都多大年紀了還在打架。那兩個地下錢莊的人還不知大難臨頭，繼續打個不停。這都是因為阿使抹去了兩人那時的記憶，鬼怪又詛咒兩人見面就互打，才會變成這樣。看著那兩個原本在威脅女高中生，卻突然彼此揪著對方領子打起來的人，昕暐心情一放鬆，就覺得很搞笑。

「德華遲到了，搭我的車走吧！」

昕暐糊里糊塗地就跟著金祕書走，不遠處停著一輛車。

幸好有金祕書，昕暐才平安回家。「我回來了！」大聲打了招呼之後，就看到坐在沙發上看電視的鬼怪，故意關掉電視，掉頭走進自己的房間裡去，做作的姿態十分明顯。昕暐一陣鼻酸，眉頭也皺了起來。心裡又開始惆悵，鬼怪喜怒無常的態度，讓昕暐不知該拿他如何是好。還不如跟在他身後到另一個國家，感覺還簡單得多。

昕暐走到在餐桌旁剝蒜頭的阿使面前坐下。

「鬼怪喔，最近是不是有什麼事？」

「……沒什麼，只說記不起以前任何的往事。」

「什麼往事？」

「妳有把往事交給我保管嗎？他的往事我怎麼可能知道。快點剝蒜頭！」

「看你好像知道的樣子……」

撿起一粒蒜頭，昕暐眼神充滿明顯的懷疑。一粒接著一粒撿起泡在水裡的蒜頭，沒想到自己和阿使竟然會面對面坐在一起剝蒜頭，昕晫真的覺得很好笑。過去，她光是看到陰間使者的影子，都會嚇得發抖。

「對了！你和我第一次見面的時候，我不是九歲嗎？第二次見面的時候，我十九歲。九歲那次，就算是因為我媽才逮到我好了，那十九歲這次，你又是怎麼找到我的呢？」

「九、十九、二十九，完全數前的一個數字，總是最危險的。」

「這話什麼意思？」

昕晫這一問，阿使停下手。面前坐著的這孩子，從出生那一瞬開始，一直到現在，真是命運多舛，才十九歲而已，肩上就背負著重擔。作為長久以來一直看在眼裡的人，昕晫讓人惋惜。

「妳二十九歲的時候，還會再見到陰間使者，即使不是我，這就是漏網者的命運。陽間需要秩序，『九』是離神的數、也是完全數『十』最近的未完成數，所以到時妳也要加油！要我告訴妳一個祕密嗎？」

「為什麼這樣看著我？祕密，是什麼？」

「算了！」

還以為是多大的祕密，阿使卻無關痛癢似地繼續剝蒜頭。看他那樣子，就算有什麼祕密，也不會告訴自己，听晫一下子洩了氣。

蒜頭全剝完之後，听晫在洗衣室收衣服，迎面又碰上了鬼怪。明明是面對面，鬼怪卻又裝出視若無睹的模樣，閃身繞過听晫。這都第幾次被當作不存在了，她再也忍不下去。

「請問？喂？沒看到我嗎？叔叔！」

鬼怪旋風似地轉過身來。

「幹嘛！」

「哎呀，嚇我一跳！還真不知道哪個人比較急呢！現在看得到我了嗎？」

「喔！」

「你是不是在生我什麼氣？」

「我生什麼氣？」

「既然沒生氣，你現在又在氣什麼？你到底是從什麼時候開始生氣的？看看現在，你不就在生氣！」

鬼怪原本面無表情，一下子卻變得凶狠起來。一臉凶相還冷冷地說沒生氣，任誰都不敢相信，只希望他能告訴自己，到底是為了什麼，听晫越想越傷心。

「妳算什麼？」

這話也很傷人。

「妳算什麼，妳到底算什麼一直喊個不停，吵死了！為什麼老讓人驚惶失措，為什麼老讓人摸不清楚。妳算什麼，要妳拔劍的時候，妳拔劍不就好了，那就是妳存在的價值。我幸不幸福，那不是妳該傷腦筋的問題。」

看著听暐越來越垂頭喪氣，鬼怪只是漠不關心地眨眨眼睛。听暐拚命忍住快掉下來的眼淚，這人說這種狠話，也不是一天、兩天的事了。所以她才故意不幫他拔劍，因為自己的存在價值似乎就是一個拔劍的人，不多不少，如此而已。但他也不必把實情說得這麼清楚。

「不，我……所以我不是說了要幫你拔劍嗎？是叔叔你不跟我說話，也不回應我的。我還以為你是在等初雪的到來，當初我們就是這樣約定的。算了！或許叔叔可以長生不老，時間多得很，但我只是一個平凡的人類，時間就是金子，就是金錢。到底要等到什麼時候？我還要上補習班，要打工，忙得很！」

「明天！」

「今天不行嗎？我今天有空。」

緊咬著下唇，听暐不放鬼怪離開。鬼怪對听暐發了一頓脾氣之後，自己卻疲憊不堪，看來一味躲避听暐也不是辦法。太窩囊了，自己的模樣太窩囊，才會想逃。原本只是害怕死亡，現在想到自己死後被一個人留下來的听晫，他更恐懼。然而他也知道，不管是為了自己，還是為了听晫，事情越早解決越好。

「今天就算了，明天吧！今天天氣太好。」

反正他每天都出爾反爾，希望听晫也能把這視為是他喜怒無常，那就好了！鬼怪避開听晫充滿埋怨的眼光。

「我要去散步，和妳一起。」

結果听晫只能投降，通常沒那麼可憐、喜歡程度更多的人，總是輸家。為了比自己更可憐的鬼怪，听晫只好跟著去散步。

第二天又拿天氣不好當藉口，所以要到學校門口來接听晫。第三天、第四天……每天都有不同的藉口，對听晫來說，都是些不壞的藉口。能拖一天是一天，听晫對他就會是一個還有存在價值的人。

兩人相處的時間越來越長。

坐在書桌旁，听晫想起和鬼怪一起散步的時光，兩人靜靜地走著。

（和妳一起散步，真好！）

（過來接妳，真好！）

鬼怪的喜怒無常也有不傷听暐心的時候。听暐笑了起來，卻隨即又變得悶悶不樂。一方面高興，一方面又覺得奇怪。聽說人在死前，會有所改變，看來就是他那副模樣。

「你以為我只是說說罷了？」

在他不斷推延拔劍日期之際，听暐也有自己的想法，她打開筆記本開始寫字。這是一份切結書，她一個字、一個字用力地往下寫。

●

這是他長久以來等待的死亡。

死前他把劉會長找了過來，與遠赴海外時的氛圍完全不同，更沉重的靜默籠罩著他們。收拾好的行李都沒用了，他把畫著妹妹的畫像，自己最珍視的畫軸，交給劉會長。從聽到鬼怪新娘出現的消息開始，劉會長就已經想到會有這樣的情況，儘管他曾盼望能出現轉機。

聽到鬼怪交代他，自己死了以後就把這捲畫軸燒掉，劉會長老淚縱橫。除了畫軸之外，鬼怪也交代劉會長好好照顧听暐。就算自己不在了，年幼的鬼怪新娘也要吃飽穿暖，好好用功，好好過日子，這就是劉會長最後的任務。

接著鬼怪又轉而拜託阿使。自己回歸虛無之後，听晫的烙印也會消失，所以拜託阿使抹去听晫的記憶，不要讓她怨恨自己曾造成某個人的消失。

除了這些託付之外，他一無保留，唯獨留下听晫。鬼怪注視著站在陽台上望著夜空的听晫。感覺到動靜，听晫回頭一看。

「什麼時候來的？」

「……看著妳，真好！」

「你最近為什麼對我這麼好？很詭異喔！手伸出來我看。」

看著听晫伸過來的手掌，鬼怪也伸出右手。既然讀不了鬼怪的心，听晫改讀鬼怪的日記。全都用漢字寫的內容，听晫只能慢慢摸索，一天也讀不了一頁。但抱著只要能讀下去，總會了解鬼怪心事的，听晫十分專注。然而還是有一些在字典裡也找不到的字，如果能知道這些漢字是什麼意思，或許就能多少理解日記的內容，因此听晫一筆一畫地在鬼怪手掌上寫字。

「這是什麼字？」

「……聽見的『聽』。」

「喔，原來是聽見的『聽』。」

終於明白了！早知道就該早點問才對，听晫笑得燦爛，這笑容照得鬼怪的心時明時暗，閃閃爍爍。他握緊還殘留著昕晫體溫的手掌。

鬼怪帶著昕晫走進自己的房間，房間裡一堆購物袋。鬼怪從購物袋裡一一拿出準備好的東西，有嬌小的淑女皮包、香水，和一個裡面裝著五百萬韓元的信封袋。

「天啊……這都是些什麼？」

「我想妳長大以後會用得到，五百（萬）妳更清楚怎麼用，香水妳二十歲進大學的時候，手提包等妳進了大學有男朋友的話……約會的時候……漂漂亮亮的……」

這些東西昕晫都喜歡，五百（萬）就不用說了，手提包很精緻，香水一噴，一股甜蜜清爽的香味就散發開來，讓人心情飛揚。

「為什麼突然間給我這些？」

「今天。」

「今天什麼？」

「劍！」

簡單幾個字的回答，昕晫一下子就聽懂了。之前那麼躲躲閃閃、拖拖拉拉，原來在等今天。

「現在嗎？大半夜的？」

「嗯，現在。」

一面擺弄著皮包，听晫點了點頭，又愣愣地望著鬼怪，她突然好奇一件事，但想到要說出這個問題，她就有點悲哀。

「我問你，這些東西裡多少藏有愛意嗎？」

「……不！」

「我隨便問問而已。」

勉強擠出個笑容，听晫站了起來，捲起袖子練習拔劍。看到听晫這模樣，鬼怪心裡又沉重起來。

從鬼怪的房間打開門，一出來就來到這個地方。一片遼闊的蕎麥花叢，听晫這才知道初次見面從鬼怪手上接過來的蕎麥花，就是來自這裡。夜空下，月光普照，微微晃動的蕎麥花恍如雪花般美麗。

「叔叔的門後面，總會出現最棒的地方，我第一次看到蕎麥花。好漂亮喔！叔叔給我的蕎麥花，是不是就是從這裡摘的？」

「嗯！」

「我還記得花語！」

「戀人！」

從鬼怪嘴中聽到「戀人」這兩個字，听晫心跳加劇。總是如此！就算他說今天拿到的東西裡沒有一點愛意，听晫還是忍不住心跳。月光下的鬼怪，佇立在蕎麥花叢裡的他，令人心動。風輕輕揚起他的髮梢，听晫看得臉紅起來。為了掩飾臉頰上泛起的紅潮，听晫轉了一圈，裝作看花。

「這地方是不是有什麼重大意義？看你非要來這裡拔劍。」

「我的開始和結束。」

在這裡，自己的屍體被隨意丟棄；在這裡，自己重新覺醒過來。因此鬼怪希望，這漫長的生命也能在這裡結束，他嚥下深深的悲哀。

「那就拜託妳了。」

「現在嗎？直接？等等！叔叔要變好看，我完全贊成。但變好看了以後呢？我是不是就沒有用了？在這種想法下，我整理了幾項條款。」

听晫從皮包裡拿出剛才回自己房間帶過來的切結書。接過听晫遞過來的一張紙，鬼怪開始瀏覽。

切結書

我，鬼怪新娘池听晫，以下稱為甲方，叔叔鬼怪，以下稱為乙方。

一、乙方在甲方用處消失後，也不能說甲方沒用，甲方很脆弱。

二、乙方在甲方用處消失後，也不能趕走甲方，仍必須共同生活，甲方舉目無親。

三、乙方在甲方結交男友前，必須充當男友的角色，甲方會動心的那種。

四、乙方在成為甲方燈台一事上，不得抱持事不關己的態度，直到甲方自然死亡為止。

五、乙方對甲方就算來時不說一聲，走時也要通知一下，不要讓甲方等。

六、乙方在每年初雪來時，必須回應甲方的召喚，因為甲方會等。

切結者　金信（簽名）

把條款一行一行讀下來，嘴角含笑的鬼怪，卻在看到最後一項條款時，端詳良久。

初雪！原本听晫決定在初雪來的日子為他拔劍的。現在初雪雖然還未到來，但他從一開始就決心在初雪來前拔劍，因為這明顯不會成為一場美好的回憶，他不想毀了听晫的初雪。

「……妳就是為了這個才問我的名字嗎？」

「我是真的想知道，很合適啊，叔叔和名字！我這是什麼意思，你知道吧？」

听晫趕緊掏出筆來，一副怕晚了人家就不簽的樣子。鬼怪沉默地接過筆，在切結書下方簽名處，簽下自己的名字，切結書上落下一朵一朵的雪花。站在一旁看著鬼怪簽名、放下心來的听晫，抬頭一看，真的下雪了！

（初雪來時，必須回應甲方的召喚，因為甲方會等。）

至少該遵守一次吧，既然都在切結書裡簽名了。鬼怪降下的白雪，在蕎麥花上飛舞，黑漆漆的夜裡，一切都白得發亮。

「哇，是初雪耶，叔叔！哪有初雪來得這麼早？哇啊，好新奇喔！這麼漂亮我看了都喜歡，但花一定有點冷吧。我們，正迎接著世上最早的一場初雪呢！」

笑靨如花的听晫臉上，也發出白色的光芒，听晫總是如此耀眼。

「不過這是叔叔的傑作吧？初雪來的那天拔劍，就是這個吧？」

「我很自私，抱歉！我也想留下一個如此的回憶。」

「可以留到什麼時候呢？叔叔得趕緊變好看才行。」

听暐反而覺得不好意思，動動手做出拔劍的手勢。鬼怪把听暐這模樣映在眼裡，他貪婪地想多看她一眼，再回歸虛無。

「好，那麼現在就請變好看！你最後還有什麼話想說？」

池听暐，鬼怪無聲地在嘴裡喊了听暐的名字。听暐雙眼亮晶晶地看著鬼怪，鬼怪緩緩開口。

「和妳在一起的每個時刻，都很耀眼。因為天氣好，因為天氣不好，因為天氣剛好，所有的日子我都喜歡。」

深刻而低沉的聲音，觸動了听暐的心。

「還有，不管發生什麼事，都不是妳的錯！」

「叔叔，該不會……你真的會變回掃帚吧？」

彷彿像最後的訣別，明明是要變好看，怎麼說話像臨死前的人似的，這樣的鬼怪，讓听暐感到不安。但听暐能想到的，頂多如此，鬼怪不是變漂亮，而是變回一支掃帚。鬼怪笑了起來，搖搖頭。幸好不是！

對準劍，听暐張開雙手。鬼怪新娘的手一靠過來，劍就顯出具體模樣。鬼怪最後再看了一次听暐的臉，閉上眼睛。听暐握住突出在外的劍柄，不，是想握住。

無法碰觸，听晫握不到劍。試了好幾次都落空。明明看得見，但手一過去要握，卻只握了個空。什麼事都沒發生，鬼怪張開眼睛，只見听晫背後狂冒冷汗。

「這劍，怎麼握不到啊？為什麼看得到，卻握不到？」

鬼怪要她在手上多用點力，听晫也賣力嘗試，無論如何都想握住劍，連手都出汗了。但不管怎麼在手上用力想握住劍柄，卻都碰觸不到。只有天上的雪花，還在不斷飄落。

「剛剛你說了喔，不管發生什麼事，都不是我的錯。不許反悔！」

鬼怪一下子回過神來。

「也就是說，妳……不是鬼怪新娘！」

「說了不許反悔！你別說話啦！我現在心更慌，你知道嗎？」

「我沒說話啊！我還能說什麼話？把那個交出來，切結書！我要燒掉。」

看到瞪大眼睛靠過來的鬼怪，听晫尖叫一聲。

「等等啦，我知道了！這八成跟那個一樣，我知道了！」

「哪個？」

「童話裡被魔法詛咒的王子，那個啦！」

「所以我問是哪個？」

「……親嘴！」

雙手抓緊鬼怪的兩邊衣領，把他拉到自己面前來，听晫低聲呢喃，隨即將自己的唇貼上去，柔軟的兩張唇合在了一起。听晫緊緊閉上眼睛，彼此的熱氣透過嘴唇交融。從天而降的雪花，落在兩人的頭髮上、肩膀上，冰冷又溫暖。時間彷彿靜止了……。

我的初戀

猶如被按下暫停鍵的時間，持續了好一陣子之後，才恢復原本的速度，重新流動。

「睜開眼睛！」

低沉的嗓音響起，听暐聽在耳裡，眼睛瞇開一條縫。看到鬼怪一臉僵硬的表情，趕緊後退，辯解說：

「我是被情況所迫才那麼做，請多見諒。」

「妳剛才做了……妳瘋了嗎？」

「什麼瘋了？怎麼可以這樣說一個盡最大努力要讓叔叔變好看的高中生。你以為誰喜歡這麼做？我比較吃虧，好不好！叔叔可能經驗豐富，可是我呢！」

兩人彼此怒視，最後還是听暐閉嘴。再次伸長手臂，做出拔劍的姿態，小心地動作著。但還是一樣，只要一靠近劍柄，劍就會消失，根本握不住，白費力氣。

「看我幹嘛！」

「這是我的初吻啦！不應該用在這種事情上。過來吧，再試一次看看。」

嘴裡嘟噥著大概一次不夠吧，是不是要親得重一點，听晫又向前靠近一步。但鬼怪卻抗拒地往後退。自己拔不了劍，听晫反而發起脾氣來。

「我現在都豁出去了，你知道嗎？這種情況，我要是連摸都摸不到劍的話，叔叔一定會要我把東西都吐出來。這種危機之下，我什麼都做得出來。」

「幹嘛啊，那麼庸俗的態度。不行的話，妳想怎樣？」

「再不行的話，那就只有一個辦法了。」

鬼怪轉身往後走，一直走到門邊。

「愛情！有需要的話，我也會這麼做。」

緊抓著收到的皮包，听晫說，與其被搶走皮包，還不如愛上叔叔算了。鬼怪重重嘆了一口氣，看到鬼怪一臉怒容，听晫這才回過神來。

「對不起，還讓你費心安排下雪。」

這時刻，鬼怪的心情非常複雜。他已經做好赴死的覺悟，把一切的事情都交代完畢，也已經向所有人道別，也給了听晫大部分他所能給的。甚至如听晫所說的，安排了下雪，在雪花飄落中告白自己的心情。但現在，這一切變得既尷尬又難為情。而且，听暐竟然不是鬼怪新娘……

正往下飄落的雪，原地靜止，雪花結晶體閃閃爍爍地掛在半空中。那晶瑩剔透吸引了听暐的注意，伸出手指頭碰了碰其中一朵，結晶體光芒一閃就破了。

「那我現在怎麼辦？你不是要把我趕出去。」

「我不會把妳趕出去！」

鬼怪轉身打開門，只要走進門裡，又會回到家裡。

●

明明听暐的未來沒有鬼怪，自己也選擇了死亡，打算按照選擇回歸虛無。但劍卻拔不出來，他也沒有死。他不知道究竟是未來改變了，還是神諭改變了。在一切都不明確的情況下，只能慶幸听暐不是鬼怪新娘。鬼怪低聲喃喃自語：

「無論如何，能回來真好，不用傷腦筋。」

慶幸是慶幸，既然死不了，該還給他的都得還回來。給德華的信用卡，過戶給阿使的房子，交給劉會長保管的畫軸，鬼怪都打算收回來。還有給听暐的皮包、香水和五百萬。連切結書都寫了還這樣，听暐冤枉得直敲門，大喊「我愛你」，但鬼怪只裝作沒聽到。

鬼怪都說不會趕她走，昕暐便繼續住在鬼怪家裡。但只是沒有被趕走而已，拔不出劍來的昕暐，被鬼怪百般欺負。說什麼多了一張嘴吃飯，生活費不夠用，該洗的衣服一堆，家裡髒得半死該打掃了，昕暐走到哪裡就被使喚到哪裡。比起在姨媽家裡受到的折磨，這雖然算不了什麼，但昕暐知道鬼怪根本是故意找她麻煩，覺得他可惡透了。

昕暐在晾衣服，鬼怪就坐在她身旁悠閒看書。啪，昕暐故意用力甩動濕衣服，水滴全飛濺到鬼怪臉上。

「妳剛才是故意的吧！」

「沒有啊！」

「我看妳是故意的！怎樣，妳不想洗嗎？有任何不滿，妳直說。」

「啊，不滿，正好你提到，我看叔叔現在認定我不是鬼怪新娘的樣子，你最好不要太早下定論，你這樣叫我做東做西的，有一天一定會後悔莫及，真的！」

「妳的意思是說，妳真的是新娘，只是『這東西為什麼看得見，卻握不到？』，是嗎？」

「因為你每次都只會刺人痛處。」

听晫用力地咬著嘴唇。而鬼怪即使在听晫斜眼瞪他的時候，也巍然不動。一臉惆悵的听晫只好投降。

「你不是說和我在一起的每個時刻，都很耀眼。因為天氣好，因為天氣不好，因為天氣剛剛好。」

「嗯，今天也是。」

「看吧！……什麼？」

「我說妳現在也是，沒腦子地讓人覺得耀眼。」

有種心湖被投下一粒小石頭，泛起漣漪的感覺。听晫吞了口口水。

「那我為什麼要……被你欺負？」

「這是兩碼子事！」

「這為什麼是兩碼子事，你明明說我很耀眼的啊！所以呢，我們別這樣吧，找找看我身上有沒有別的價值。如果真的不能當新娘的話，那叔叔既然是我的男朋友，我就當女朋友好了。」

「不要！」

「那不然朋友。」

「不要！」

真是可惡到讓人想揍他一拳，听晫「呼」地吹出一口悶氣，試圖尋求妥協。

「那就當房客？」

「那從今天開始，房租每月五十（萬韓元，約台幣一萬五千元），水、電、瓦斯費另付。」

果然，不是冤家不聚頭！

聽著听晫氣呼呼地抱怨鬼怪要她付房租、水電瓦斯費，阿使也氣呼呼地找上鬼怪。（就跟你說，我和他親嘴了！那不應該用在這種事情上！）听晫忿忿不平。但聽在阿使耳朵裡，只覺得單純像兩個幼稚的人在吵架。

「漏網者握不到劍，你現在一定很高興吧，給我坦白說！既然沒死，就還能繼續看到她。」

「喂，我為什麼要高興，有什麼好高興的，我都等了九百年，這像話嗎？」

「是嗎？那基於友情，我把她帶走好了！你不是嫌她煩，還膽敢隨便親你。」

哇！听晫怎麼連那種事情都說，鬼怪驚訝得說不出話來，吞吞吐吐地辯解：

「我們之間哪有友情，你別老是掛在嘴上說。我說要去死，你就在旁邊加油吶喊，這叫友情？」

聽到說要帶走昕暐，鬼怪就變得很激動。阿使一副嘲諷的表情看著這樣的鬼怪，嗤之以鼻後又走出房間，可以確定的是，鬼怪現在心情很好。前陣子還一直為了生生死死煩惱，最終還是活了下來，阿使也很高興鬼怪能活著。

阿使出去之後，鬼怪好不容易才讓臉上的紅潮褪去。女高中生冒失的一吻，就足以讓鬼怪手足無措，因為他只是活得久，卻沒有什麼經驗。這種事情，這種感覺，所有的一切對鬼怪來說，都是第一次。

從搶回來的昕暐皮包裡拿出切結書，手指輕輕撫過最後一項條款。「乙方在每年初雪來時，必須回應甲方的召喚，因為甲方會等。」如果能遵守這項條款，那該有多好！

●

大學入學考試的日子到了，原本就是重要的考試，到處都瀰漫著一股緊張氣息。正前往大考試場的這兩人，也難掩緊張情緒。雖然不用太擔心，但昕暐也同樣會害怕。想要考上自己所填寫的那幾個志願學校，她至少也得達到低標才行。

鬼怪也陪著昕暐等公車，儘管昕暐曾經要求他施展本領，洩漏大考筆試答案給她，但遭到他嚴正拒絕。事實上，與其說是想知道答案，不如說是昕暐想知道他能體貼自已到哪種程度。然而被他一臉正色拒絕之後，一直到大考當天早上，听晫的心情還是不怎麼好。

「在絕對的力量面前，還是需要遵守禮儀。不過如果妳真的想知道的話，那從語言科目開始……」

「啊，不用了！反正都是我會的問題。」

擔心鬼怪真的把答案說出來，听晫連忙打斷他。鬼怪摸摸听晫的頭，背著書包、戴著紅色圍巾的听晫，實在很可愛。就當作鼓勵她好好考試，不，其實是自己忍不住就伸出手去。但听晫卻因為這輕柔撫慰的手勢，肩膀變得僵硬。這是自親吻之後，兩人第一次身體上的接觸。听晫一緊張，鬼怪也察覺到自己的行為，停止手上的動作。

一輛輛公車停了又走，最後公車站上只剩下听晫和鬼怪。

「肩膀，也要拍一拍才顯得自然吧？」

鬼怪猶猶豫豫地把手從听晫頭上放下來，拍了拍她的肩膀。听晫則一臉不自在地拉過鬼怪已經沒在拍自己肩膀的手腕，說要確認一下時間。原本只是打算做做樣子，結果一看到手錶上的時針，听晫突然睜大眼睛。

「你是不是把時間靜止下來了？」

「沒啊？」

「啊，怎麼辦，怎麼辦，我完蛋了！這都過了三十分鐘了！」

「別擔心，妳忘了妳男朋友是鬼怪嗎？」

鬼怪悠哉地一說，听暐揚起眉毛。

「你不是說不要當男朋友！」

「騙妳的！跟我走。」

抓著听暐的手腕，鬼怪跑去找附近大樓裡有門的地方。沿著林蔭道奔跑，听暐的心跳也不受控制地快了起來。她想應該是因為奔跑的緣故，心跳才會變得這麼劇烈吧。如果說不要當她男朋友這句話是騙人的，那反過來是不是就能理解為想當她的男朋友。這問題都還來不及問出口，就在大街上狂奔。打開一棟大樓裡沒上鎖的門走進去，大考試場就出現在眼前。鬼怪揮揮手要她好好考試，听暐也揮揮手，表示自己會考得很好。

以這種方式送听暐到試場之後，鬼怪又從剛才進去的那扇門走了出來。回頭看了一眼和听暐一起走進去的門，沒料到卻有一輛腳踏車疾行而來。騎在腳踏車上的年輕人後來才看到鬼怪，連忙轉動腳踏車的龍頭。就在他以為來不及避開，就要撞上的時候，年輕人閉緊眼睛又張開。隨著「嘰」一聲刺耳的聲響，腳踏車突然停住，連車帶人一起倒了下來。幸好沒有受什麼傷，這得感謝鬼怪停止了那一瞬的時間，施展瞬了間移動的本領。倘若一個不小心兩人撞上的話，就可能傷得很重。

明明看到是在眼前，怎麼跑到自己身後去了，年輕人太過驚嚇，搞不懂是怎麼回事，連摔傷的膝蓋都忘了。好不容易站起來，年輕人狠狠地瞪了鬼怪一眼。

「喂，幹X娘的！神經病啊！你找死喔，走路好好看路！」

年輕人嘴裡罵著髒話，又騎上腳踏車，飛快地衝上馬路。鬼怪直勾勾地望著那年輕人的背影，剛才差點撞上之際，他無意間看到了年輕人令人不忍卒睹的未來。

考完筆試之後，听晫拖著無力的腳步搭上回家的公車。考試考得還不錯，不，該說考得很好。但一股長期以來準備考試，考完之後的虛脫感，以及看到試場前等待子女考完試出來的考生家長，她就感到全身無力。一位中年婦女對著女兒說「乖女兒，辛苦妳了」的一句話，在听晫經過時傳進她耳裡，听晫自然而然就想起自己的母親。

如果媽媽還在的話，這種日子也一定會跟听晫說「累不累？辛苦妳了，我愛妳，乖女兒！」之類溫暖的話語。听晫只能以脖子上圍著的紅色圍巾，作為替代媽媽的慰勞，但再怎麼撫摸，再怎麼溫暖，圍巾畢竟不是媽媽。回想起生日那天，自己一心想著吹蛋糕上的蠟燭，急急忙忙跑回家裡的時候，即使只是以慈祥的眼光看著自己的媽媽靈魂，也令她無比懷念，她只能拚命忍住眼淚。

「我回來了……唉唷，累死了！我今天用腦過度，累死了……」
脫了鞋，解開圍巾，一走進玄關，就被眼前的光景嚇住了。鬼怪、阿使、德華，三個大男人聚在一起。站在中間的阿使雙手捧著一個蛋糕，配合好時間點上蠟燭。德華問她考試考得如何？听晫下意識地點了點頭。
「主意是我想的，錢是他出的，蛋糕是德華買回來的。」
阿使的話，讓听晫眼淚在眼眶打轉，感動得說不出話來。三個男人一看到听晫表情有異，都變得手足無措。鬼怪不知該如何是好，趕緊走到听晫身邊。听晫的眼淚終於忍不住滾落下來。
「哭什麼哭，考砸了嗎？」
「不是……我太、太幸福了……」
結果听晫就開始放聲大哭，哭得像個孩子一樣。這麼幸福，她都不知道該如何是好，幸福得就像和媽媽住在一起時一樣。這種感覺太久沒有品嘗到了，有點不適應，听晫是因為這種不適應才哭的。既然感到幸福，不是該笑嗎？看著哭成淚人兒的听晫，三個男人都愣愣地不知該怎麼辦才好。不過，幸好不是因為悲傷而哭。
「我太幸福了，該許個願吧？」
听晫停止哭泣，雙手合十，閉緊眼睛，在蠟燭前許願。听晫許了什麼願，鬼怪聽得一清二楚。（要我陪她去看電影啊！）鬼怪噗嗤一笑。听晫一次就把插在蛋糕上的蠟燭全吹熄了。

原本站在听晫前面的鬼怪，瞬間因為召喚，移動到听晫的背後。鬼怪的瞬間移動，讓阿使和德華驚訝得合不攏嘴。要一一說明也太麻煩了，鬼怪選擇閉嘴。取而代之的是，他拉著听晫的手臂。

「還站在這裡幹嘛？」

「啊？」

「不是說要看電影，還要吃爆米花，走吧，妳的願望實現了！」

听晫興奮地說換個衣服就來，便跑到樓上去了。

在電影院裡鬼怪鬧出的笑話，就別提了。看完電影，飢腸轆轆的兩人直到進了三明治店，听晫還在抱怨連連。明明就是不怎麼恐怖的電影，鬼怪為什麼膽子這麼小，一直抖個不停，還大聲尖叫，最後喪屍出場的時候，他嚇到連整包爆米花都撒到半空中，給別人造成不少麻煩。

听晫埋怨他丟人，鬼怪惱羞成怒，反問她難道不害怕。兩人點的三明治都被鬼怪一個人大快朵頤，這都吃第二份了，听晫忍不住說一句。

「這很貴耶，一次就吃兩份？吃太多對健康不好。」

「妳那時候吃牛排，一次就吃了好幾人份，健康還可以嗎？」

一句話也要計較，听晫撇了撇嘴。

「你到底要欺負我到什麼時候？給了人家的東西又搶回去。那皮包很漂亮耶，五百（萬）我第一次看到。早知道從一開始就別給啊！」

「下次我會那麼做的。」

「給的時候也真的很奇怪，就好像你不會在我身邊似的，說什麼以後長大用得到。給德華哥的信用卡，給阿使叔的房子，剛好都是我們最想要的，就像離別贈禮一樣。」

听晫這時才提出自己一直感到納悶的疑問，那天真的很奇怪，她原本以為，那天是鬼怪期待了九百年的拔劍日子，因為要成為一個嶄新的人，心情好才那麼做，但後來卻越想越奇怪。

面對听晫敏銳的質問，鬼怪放下手上的三明治，听晫說的完全正確，讓他無從回答。

「沒錯啊？離別贈禮！如果叔叔那把劍拔了以後，我們是不是就要到更遠的地方去？為什麼？」

「我好像跟妳說過，一旦新娘出現的話，我就得做好準備，出發到更遙遠的地方。」

「哪裡?歐洲?加拿大?現在也是嗎?現在也想離開嗎?」

好像聽過，他說要做好準備到更遠的地方。從一開始，他就說了要到某處去。但如果他要去的地方，比原先說要去的地方還遙遠的話，那到底是要去到多遠，听晫一點概念也沒有。

「不，我不想離開。但如果真正的新娘出現的話，那我就沒有選擇餘地了。」

真正的新娘，這話听晫聽得很刺耳。自己不是鬼怪新娘，只是一個鬼怪不離不棄就足以終生感激的學生，這個事實從心底翻湧而上。如今鬼怪不由分說的否定，連自己都無法反駁。她仍然看得到劍，但問題就在於，不是看得到劍，就一定是鬼怪新娘。

「啊，說的也是……那會一起去嗎?和那位真正的新娘?」

「妳會讓我走嗎?」

鬼怪這麼問，感覺實在太可惡，听晫搖了搖頭。

「不，我不想讓你走，所以叔叔拋棄我走吧。如果真正的新娘出現的話，不，在那之前我就會離開。所以趁我不在的時候走，不要讓我知道。」

鬼怪嘴裡一陣苦澀，听晫還不知道，劍拔出來之後自己會去哪裡。因此即使听晫一臉憂鬱，自己也無從安慰。听晫不是鬼怪新娘這件事，讓自己有多安心，她大概一點都不了解吧。

听暐參加了延熙大學傳媒影視系申論考試，從她下定決心要成為廣播電台節目製作人的那一刻開始，這個學校和科系就是她的第一志願。坐在各自用心答題的考生之間，听暐也很認真地在寫答案。題目在听暐眼裡看來並不刁鑽，所以不難回答。

考完之後，听暐踏著輕鬆的步伐，在校園裡逛了一圈。一想到她馬上就要到這個學校來上學，就有種大學生的錯覺，心裡充滿期待。

鬼怪看好听暐考完試的時間，到學校門口等她。手上拿著一束為听暐準備的花束，鬼怪與听暐的距離越來越近。

然而先映入听暐眼中的，不是遠遠走來的鬼怪，而是在運動場上練得火熱的棒球隊。對听暐來說，大學的一切都很新鮮。就在這時，隨著「噹！」的一聲，一顆棒球對準听暐直直地飛了過來。听暐無從躲避，尖叫一聲，反射性地整個人縮了起來，緊緊地閉上眼睛等著被打。但她卻沒有感受到任何疼痛，而是有人一把將她扯過去抱在懷裡。

是一個穿著棒球隊制服的大男孩，與青澀臉孔不同的是，體格壯碩，就像一個運動選手一樣。照射在校園裡的陽光，彷彿全都灑在他身上般，讓人眼睛為之一亮。听晫仔細看了這男孩的長相之後，高興地發出「啊！」的一聲。

「泰熙……哥？」

「……池昕晫？哇，這都多少年了！差點認不出來。」

「啊，我變了很多，之前吃了很多苦……」

「嗯，變漂亮了，個子也長高了。」

泰熙就像小時候一樣，伸手揉亂昕晫的瀏海。梳得整整齊齊的瀏海被揉得一團亂，昕晫還是紅著臉笑得開心。很小很小的時候，自從跟著姨媽過日子之後，就再也沒有聽到泰熙哥的消息，現在竟然會在這樣的情況下重逢，不能不說是緣分。

小學的時候，泰熙時常到可以用發球機練習打擊的棒球練習場去。在小小的昕晫眼中，用力揮著球棒擊球的泰熙，實在太帥了。所以只要泰熙在棒球練習場，昕晫都會跑去偷看。如今看到泰熙還在打棒球，昕晫也不得不佩服。

「哥，你也上這所大學嗎？我今天是來考申論的。」

泰熙看到昕晫也很高興，臉上帶著笑容。

而這幕重逢場面，就被鬼怪從頭到尾親眼目睹。啪的一聲，原本拿在手上的花束落在冰冷的路面上。笑容滿面喊著「代表！」的二十九歲昕晫，在鬼怪眼前一閃而過。

「是那傢伙嗎？那叫代表的傢伙……！」

晴朗的校園上空，烏雲聚攏，豆大的雨點開始往下掉。突如其來的驟雨，害得人們紛紛躲到大樓下方避雨。

傍晚，當听晫打完工回家的時候，鬼怪獨自坐在餐桌旁吃冰淇淋。那是听晫也喜歡的冰淇淋，她趕緊坐到旁邊的位子。但鬼怪不知道又在鬧什麼彆扭，故意跟她作對，不肯分給她，听晫想起了下午那場陣雨。

「為什麼會下雨？心情怎樣？怎麼，又憂鬱了嗎？」

鬼怪回想起那隻揉亂听晫頭髮的手，而且听晫還扭著身子，一副害羞的模樣。他有點喘不過氣來，不說話，只是翻了個白眼。早知道就該讓那個叫泰熙還是什麼的傢伙，去彈鋼琴，那他們兩人也不至於有今天這種方式的重逢。

小時候听晫在棒球練習場偷看泰熙的那段時間，有一天來了一個連球的邊都打不到的大人，就在泰熙旁邊擊球。根本不會打棒球的那個人，老是擋住听晫的視線，讓她看不清楚泰熙，討厭死了。那人甚至還打到整根棒子飛了過來，嚇得听晫一鬆手，連手裡原本捏著的花瓣都飄走了。

听晫雖然已經記憶模糊，但那個大人其實就是鬼怪。鬼怪在棒球練習場邂逅年幼的泰熙，小不點會打一點棒球就看不起鬼怪，還冒失地跟他打賭，誰贏了就可以實現願望。結果可想而知，鬼怪慘敗。曾是泰熙的守護神的鬼怪，其實是為了實現他的願望才故意過來，引導他打賭，所以這也是早就決定好的結果。

泰熙許的願望，就是讓鋼琴消失不見。他真的很討厭彈鋼琴，他只想打棒球，但他母親卻強迫他彈鋼琴。他其實也不相信這個願望會實現，但打完賭之後，當他回到家裡，就聽到母親在講電話。家裡遭小偷，這麼大的一台鋼琴不翼而飛，他母親氣得半死，正在向警察局報案。多虧如此，泰熙終於可以打棒球，而不用再彈鋼琴了，但這也成了他人生中一起最荒誕的事件。

「妳明知故問？」

「喔，就因為我握不住劍嗎？那是我的錯嗎？我都說了，我已經盡了最大努力。那劍是真的可以拔出來的嗎？我親都親了，還是不行啊！彼此也都說了『我愛你』，也不行啊！那還要我怎麼辦？」

其實不是因為劍的緣故，但听晫掛心的只有劍。那把劍，真的是讓听晫一想就氣，既難過又遺憾的東西。兩人的聲調越來越高。

「妳又不是出於真心，只是很庸俗的一句『我愛你』！」

「那叔叔你又是真心的嗎？只是一句有明確利害關係的『我愛妳』啊！不管怎樣，你的個性真的很差勁！」

「妳呢，妳又好到哪？」

「我年紀還小啊！」

「小又怎樣！我不會老，妳會老啊！我會一直年輕又好看！」

「叔叔你可不年輕，而且我遇上了初戀，在我眼裡叔叔一點也不好看。」

「什麼……什麼戀？」

「叔叔會打棒球嗎？我家泰熙哥棒球超厲害！」

「妳看過嗎，我打棒球的樣子？看過的話，一定嚇一跳！妳這東西。」

「啊，我現在連房客都不是，變成『這東西』了啊？是是，『這東西』這就下去了！」

那天晚上，听暭偷偷溜進鬼怪的房間裡，想找到從鬼怪那裡收到又被搶回去的皮包、香水和五百（萬），順便把切結書掉包。她以為自己的行動天衣無縫，沒想到全掌握在鬼怪手中。黑漆漆的房間裡，只能靠一支手機微弱的燈光摸索，但找到的全都是沒有用的東西。鬼怪突然打開電燈，听暭一下子變得驚惶失措，連打算掉包的切結書也全被抓包了。

被鬼怪一再逼問的听暭，眼裡突然映入之前拿給鬼怪讓他打發無聊的詩集。听暭便隨即反擊，說自己是來找那本詩集的，那時只是暫借他看一下，為什麼到現在還不還，然後拿起詩集就飛快地離開鬼怪的房間。

回到自己房間之後，听晫打開詩集。

「他看書會不會一點也不愛惜啊，反正是別人家的東西？唉唷，氣死我了！你就不要有把柄被我逮到！」

听晫氣憤地飛快翻動書頁，卻在某一頁上看到陌生的畫線痕跡，還在詩的一角寫上一個句子。這明顯是和自己不同的大人筆跡，就寫在〈愛情物理學〉這首詩的頁面上。好啊，竟然還在別人的書上亂塗鴉，听晫嘴裡罵著，慢慢看了一眼字跡。

（我的初戀。）

就寫在最後一行。初．戀。是啊，怎麼可能只有自己有。如今才活了十九年的听晫，也有了初戀的對象，活了九百三十九年的鬼怪，自然也有一段淒婉動人的初戀回憶。

一想到鬼怪的初戀，听晫就心煩，甚至還想，如果自己早點出生的話那該有多好，但這都是毫無用處的假想罷了！

●

陰間使者終於能好好地面對Sunny，這女人第一次見面就讓自己掉眼淚，第二次見面讓沒有姓名的自己驚惶失措，結果弄出了個金宇彬的名字。阿使不想重蹈覆轍，每次見面都搞得一團糟，所以把听啅叫來，練習了很多遍。現在他們就像一對平凡的男女，在咖啡館裡點了咖啡，面對面坐著。阿使因為依然美麗耀眼的 Sunny，一時有點恍惚。

Sunny 也一樣，當初在路邊攤一眼就看到那個覺得該屬於自己所有的玉指環，才伸手過去而已，就冒出一個男人搶先拿起那枚指環，然後一轉頭看到自己就流眼淚。這個臉孔蒼白的男人，有著許多不為人知的地方，想聯絡都聯絡不上，好不容易見了面，連簡單的一個名字也說不出來就逃跑了。說了名字之後，要張名片而已，又斷絕聯絡。那就算了，這下見了面，那張僵直的白臉，大大的彷彿隨時都會垂淚的眼眸，觸動了 Sunny 的心，難道他這麼禁不起自己的美貌嗎？

「生日陰曆十一月初五、射手座、AB 型、未婚。房子是租的，車有必要的話馬上買，身家清白，還沒有名片，很想念妳。」

看著對面這麼說話的男人，Sunny 忍不住笑了出來，看來不是因為他長得好看的緣故吧！

「哎呀，受不了！我也是！」

一身黑色西服的阿使，看著 Sunny 開心一笑，兩人臉上都露出燦爛的笑容。

「你這男人真搞笑，真的喜歡我嗎？明明老是不接我的電話？」

「我怕妳不喜歡……沒有名片的男人……」

「那就接起電話說，『我沒有名片』不就好了。再不然傳簡訊也可以啊！」

「以後一定這麼做。不過，Sunny 小姐有名片嗎？」

「我這張臉就是名片，臉上清清楚楚地寫了啊？美人！」

「啊……是……真的沒錯！好想收下來帶走……」

這男人奇怪又憨直，但 Sunny 還是忍不住笑出了聲。不知道是坦率，還是職業性的客套話，他說的全都打動了 Sunny 的心。

「你瞧，見面這麼有意思，多熟悉熟悉，我們就會變得更親近。宇彬先生喜歡什麼？」

「Sunny 小姐。」

「真是的……這個不算，我是指愛好之類的。」

「Sunny 小姐。」

從第一次見到她之後，就不時想起，連自己是陰間使者，Sunny 是活人的事實也忘了，就一直想見她，阿使為此無比痛苦鬱悶。Sunny 的個性與普通人稍有不同，這點值得慶幸。幸好她個性大而化之，對不重要的事一點也不在乎，所以即使阿使隱瞞了很多事情，也還能坐在Sunny面前。

「就像連續劇一般，我盲目地被Sunny小姐無厘頭的行為深深吸引。Sunny小姐難以預料的行為，需要發揮想像力。我笨拙的舉止，全都是錯誤的回答。最近我有了新的愛好，就是Sunny小姐。這像是神的計畫，又像是神的失誤。就這樣！」

原本說話結結巴巴的人，一下子青山流水般吐出一連串的讚美，Sunny心情好的同時，也升起警戒心。

「怎麼口才這麼好？難道你信教嗎？」

「啊……原來還有不足之處，那等我準備好了以後再聯絡……」

Sunny跳起來阻止正要起身的阿使，這男人，每次問什麼答不出來的時候，就消失不見，音信全無。Sunny情急之下只好大喊：「沒有也行，坐著別動就好！」阿使又照著Sunny的話，乖乖坐了回去。

行為難以預料的人，不是自己，是阿使吧。Sunny頭痛的同時，看著眼前光會笑的男人，心情卻又如融雪般整個都化了。

不久前，鬼怪眼睜睜看著听晫和泰熙在冰淇淋店分享冰淇淋。因此對很晚都還沒回家的听晫，深感不安。他在家裡走來走去，戰戰兢兢地想著听晫不會又在哪裡和泰熙見面吧。鬼怪自己也覺得奇怪，這分明就是嫉妒，這種心態彷彿自己真的是她「男朋友」似的。勸自己放棄算了，感情上卻又過不去，最後只好出門去找听晫。

不在炸雞店，常經過的巷口也不見蹤影。打聽之後，鬼怪才終於在結婚禮堂找到听晫。大考結束之後，鬼怪知道听晫一考完又找了其他打工的工作，但沒想到竟然是在結婚禮堂裡打工，而且還是唱祝願歌。

燈光下，听晫以她喊著「叔叔」時嘹亮清脆的嗓音，為新娘、新郎唱出祝福新人的愛之禮讚。「但願在生生世世之後，我們還能再相見；但願我們的愛是命中注定；但願我是你的奇蹟。」歌詞深深觸動了鬼怪的心。

漂亮的女孩，如今也即將是一個二十歲的美麗女人。鬼怪痴痴地站在那裡，移不開目光，這副模樣卻落進了听晫的視線裡。听晫正唱著祝願歌，意外發現愣愣站在禮堂最後一排的他。

「歌唱得不錯。」

淡淡的一句稱讚，就讓听啅喜上眉梢。去的時候一個人去的，但回家的路上兩人同行，听啅一點也不孤單。

「對了，你怎麼會找到這裡來？」

「妳再怎麼跑，也跑不出我的手掌心。炸雞店呢？被炒魷魚了？」

「我多找了份打工，唱祝願歌這份差事不錯。可是看著人家舉行結婚典禮，心情會有點奇怪。」

「有什麼奇怪的？」

「就……啊，我沒有可以幫我點蠟燭的媽媽。啊，我沒有可以牽我手的爸爸。也沒有可以一起拍照的朋友……沒有朋友，也收不到禮金……就想了這些。很可笑吧？」

說到禮金，听啅自己也覺得好笑，咧嘴笑了起來。鬼怪皺起眉頭，這孩子每次說話，就有一堆苦衷，反而讓自己感到抱歉，什麼話都說不出來。

「所以我才執意要當叔叔的新娘吧，因為這讓我感覺似乎有了家人。對沒有家人的我來說，還以為家人就像……命中注定似地……來到我身邊。」

這是听啅的真心話，說著說著就有點哽咽，听啅抹了抹眼淚。顫抖的聲音，讓看著听啅的鬼怪嚇了一跳。

「怎麼了，妳幹嘛哭，要讓我感到抱歉嗎？」

「不是的。真要計較的話，該抱歉的人是我。就那個啊……叔叔！真的很對不起，我沒能拔出劍……我一直想說，但我們最近每次見面就吵架。都是因為我沒有用處了，還搞出切結書什麼的，勉強裝出有用處的樣子。」

听暐笑著說對不起，又哭又笑地，看起來有點沒出息。然而真正沒出息的人是自己，鬼怪眉頭越皺越緊。只希望听暐別哭，自從遇上了自己之後，听暐哭的次數越來越多。

「時機上稍微有點那個，但既然話都說出口了，我就一次說完吧！我現在多了一份打工的工作，也在慢慢地準備當中。所以，在我搬出去之前，可以稍微等一下嗎？不要再折磨我了。在我準備好搬出去之前，就給我一點考生折扣，折磨打個五折，行嗎？」

才剛哭過，馬上又破涕為笑，女孩的這一點，觸動鬼怪的心。所以無論何時，她總能給自己一個燦爛的笑容，不管是悲傷的時候，還是高興的時候，就算街燈下光線迷離，也唯有听暐的光芒，仍耀眼奪目。她自己可憐，也可憐鬼怪；她安慰鬼怪，也教鬼怪安慰別人的方法。摸摸頭，拍拍肩膀，對鬼怪來說，听暐是第一個這麼做的人。連她親吻自己，說愛自己也是。

鬼怪張開雙手，將听晫擁入懷中。突如其來的擁抱，讓听晫整個人都僵住了。鬼怪雙手交叉在听晫背後，下巴靠在听晫的頭頂上，一動也不動地站著。他的懷抱寬闊又溫暖，听晫只願此刻永恆。

「沒辦法打折，五折絕對不行。」

靜靜窩在他懷裡的听晫噗嗤一笑。

「那打五五折？」

鬼怪真心愉快，他再次感到，能繼續活下來，真好！能長久看著這可愛的孩子，真好！鬼怪對听晫燦爛一笑，听晫喜歡他的笑容，也跟著笑得明豔動人。突然間，鬼怪臉色變得慘白。

劍又開始嗡鳴，就在鬼怪的胸口上嗡嗡地鳴叫起來。徹骨的疼痛讓鬼怪緊抓著胸口上劍刺入的部位，跌坐在地。第一次看到他這樣，听晫嚇得不知所措。

「怎麼了？很痛嗎？因為劍的關係嗎？」

劍的嗡鳴，听晫也感覺到了，便朝著劍的位置伸出雙手。听晫出於本能伸長手，之前總是穿過劍的手，這回碰觸到實質的劍柄。听晫吃驚的同時，也開心大喊。

「啊，叔叔！劍，我握得到了！」

听晫的手握住劍了，確定自己真的是鬼怪新娘！為了疼痛的鬼怪，听晫能做的事情就只有這個。她趕緊用兩隻手握緊劍柄。

「你忍一下，我幫你拔出來。」

雙手用力，握住劍往外拔，劍開始一點一點從鬼怪的胸口往外移，鬼怪的表情也因為劇痛，整張臉都扭曲起來，此時的疼痛，是劍刺入時難以比擬的。听晫確定劍在移動之後，雙手更加用力，想一次就把劍拔出來。

「不行！」

鬼怪理性全失，用力把听晫推了出去。只專注在拔劍上的听晫，被推得遠遠飛到半空中，身體猛烈地朝著馬路方向而去，一輛巨型卡車就正好行駛到馬路中間。

就在听晫要撞上卡車之際，鬼怪回過神來，施展瞬間移動，從背後抱住听晫。而抱住听晫的鬼怪，代替听晫身體撞上了大卡車。巨大的反彈力，讓兩人都滾落到馬路上。听晫就此失去意識，鬼怪手裡抱著听晫，閉上了眼睛。

（神諭沒錯！我看到的未來也沒錯！）

听晫是他的新娘，他的新娘十分惹人愛憐，所以他才希望她不是新娘。

（因為這孩子，如今我……可以結束這不死的詛咒，回歸虛無！）

懷裡抱著的听晫，體溫全傳入鬼怪的胸口。

（人類的壽命只有一百年，回首還想再看一次的，是我不死的人生？還是妳的臉孔？）

听暐勉強撐開沉重的眼皮，模糊的視野中，看到了鬼怪。一放心，就開始流眼淚。

一滴淚水沿著臉頰流了下來。連那滴淚，鬼怪也想擁在懷裡。

（啊……似乎是妳的臉孔吧。）

一股劍的疼痛所無法比擬的劇痛，傳遍了鬼怪的全身，那是悲傷。

（待續）

LINK 24

孤單又燦爛的神

鬼怪 小說 1

作　　者	金銀淑、金洙蓮
譯　　者	游芯歆
總 編 輯	初安民
責任編輯	宋敏菁
美術編輯	陳淑美
校　　對	呂佳真 宋敏菁
發 行 人	張書銘
出　　版	INK 印刻文學生活雜誌出版股份有限公司 新北市中和區建一路 249 號 8 樓 電話：02-22281626 傳真：02-22281598 e-mail : ink.book@msa.hinet.net
網　　址	舒讀網 http://www.inksudu.com.tw
法律顧問	巨鼎博達法律事務所 施竣中律師
總 代 理	成陽出版股份有限公司 電話：03-3589000（代表號） 傳真：03-3556521
郵政劃撥	19785090 印刻文學生活雜誌出版股份有限公司
印　　刷	海王印刷事業股份有限公司
港澳總經銷	泛華發行代理有限公司
地　　址	香港新界將軍澳工業邨駿昌街 7 號 2 樓
電　　話	(852) 2798 2220
傳　　真	(852) 2796 5471
網　　址	www.gccd.com.hk
出版日期	2017 年 6 月　初版 2021 年 11 月 20 日 初版九刷
ISBN	978-986-387-163-7

定價 750 元（兩冊不分售）

國家圖書館出版品預行編目資料

孤單又燦爛的神——鬼怪　小說 1
／金銀淑、金洙蓮 著 . 游芯歆 譯
-- 初版 . －新北市中和區：INK 印刻文學，
2017. 06　面； 14.8× 21 公分 . --（Link；24）
譯自：도깨비 소설 1
ISBN 978-986-387-163-7 （平裝）

862.57　106005979

舒讀網